1.ª edición, octubre 2002
2.ª edición, marzo 2003
3.ª edición, abril 2003
4.ª edición, febrero 2004

http://www.lorenzo-silva.com

Juan Ignacio Luca de Tena, 15. 28027 Madrid
www.anayainfantilyjuvenil.com
e-mail: anayainfantilyjuvenil@anaya.es

ISBN: 84-667-1649-1
Depósito legal: M. 8332/2004
Impreso en ANZOS, S. A.
La Zarzuela, 6
Polígono Industrial Cordel de la Carrera
Fuenlabrada (Madrid)
Impreso en España - Printed in Spain

ESPACIO

Colección dirigida por
Norma Sturniolo

ABIERTO

E S P A C I O

A B I E R T O

Diseño y cubierta de
Manuel Estrada

ESPACIO ABIERTO

Lorenzo Silva

Los amores lunáticos

ANAYA

Para Pablo, que me alentó con su sonrisa.

«Sólo en el recuerdo se nos muestra lo maravilloso.»
Raymond RADIGUET, *El baile del conde de Orgel*

1

El amor es una cosa malísima

Mi abuelo, que nunca hablaba por hablar, solía decir que el peor error que puede cometer un hombre es perder la cabeza por una mujer inadecuada. Mi vida no ha sido, todavía, tan larga como lo fue la suya, pero ya me alcanza para haber descubierto algo sobre lo que mi abuelo no me avisó, y es que puede cometerse un error aún peor que el de enamorarse de una mujer inadecuada: enamorarse, a la vez, de dos mujeres inadecuadas.

Habrá quien piense que lo que acabo de decir es una cosa demasiado evidente, tanto que casi resulta una tontería. Habrá quien piense, por el contrario, que es imposible enamorarse a la vez de dos mujeres; que el amor es exclusivo, único, y que en el corazón no hay sitio para más de una amada. Bueno, quien crea una de esas dos cosas, seguramente se ha equivocado de libro, y no me enfadaré si decide cerrarlo y ponerse a leer una de piratas (opción A) o una de amor absoluto, estilo *Cumbres borrascosas* (opción B). Los demás, los que se hayan quedado con la mosca detrás de la oreja y piensen que la historia de un tipo que se enamora a la vez de dos chicas que no le convienen no sólo es posible, sino que puede tener su gracia, supongo que pueden seguir leyendo y hasta encontrar una buena distracción.

El amor es siempre una distracción, sí, aunque quizá una de las más agotadoras y puñeteras que existen; basta con fijarse en cómo salen parados quienes caen víctimas de él. Resulta un poco difícil comprender por qué el amor es algo que alaban todos los poetas y que toda la gente busca, en mayor o menor medida, cuando está demostrado que las historias de amor acaban siempre mal o rematadamente mal. Unas terminan antes de empezar, porque a la chica que te gusta no le importas un pimiento y tus torpes aproximaciones sólo encuentran la respuesta de su cruel indiferencia. Las otras, es decir, cuando la chica, por la razón que sea, decide hacerte caso, suelen acabar aún peor, porque a fin de cuentas a la estúpida que te da calabazas la puedes odiar tranquilamente, y el odio siempre desahoga, pero a la chica con la que has compartido algo le coges cariño, y eso siempre te pone en situación de sufrir más. Lo mismo si es ella la que te deja plantado, o se lía con tu mejor amigo, que si eres tú el que se larga o se lía con su mejor amiga. En realidad, suele ser aún peor lo segundo, porque a la tristeza de la pérdida se une el peso de la culpa, y eso sí que es un cóctel amargo de tragar. Pero hay otro final todavía más doloroso, porque la vida tiene muchas maneras de hacérnoslas pasar canutas, que es el final *Romeo y Julieta*, es decir, cuando tú la quieres y ella te quiere, pero el asunto, por la razón que sea, se vuelve imposible. Y para esto no hace falta que su padre la mate o quiera matarte a ti. A veces basta con que se vaya a vivir a otra ciudad, porque el amor no siempre resulta ser una planta que lleve bien el riego a distancia.

Mi amigo Carlos, que siempre fue un romántico empedernido, solía rebatirme estos argumentos con el ejemplo de esas parejas que se quedan juntas hasta la muerte. Lo que si se mira bien, y así solía contestarle yo, no deja de tener su guasa. ¿Acaso es un buen final que uno de los dos muera y el otro se quede solo y amargado con su recuerdo? A esto Carlos me respondía sacando a relucir esos otros casos en los que los amantes mueren a la vez, o con poco intervalo de diferencia. Y entonces yo veía completamente confirmada mi teoría. El amor es algo tan malo, que el mejor final que se nos ocurre es uno en el que la palman todos los que participan en la historia.

Sin embargo, y aunque estoy convencido de todo lo que acabo de afirmar, el que lea estas páginas comprobará que he sido capaz de enamorarme como un imbécil. Y no sólo eso. Pese a los descalabros que el amor me ha hecho padecer, debo reconocer que cada vez que veo pasar por delante de mí a una de esas chicas que tienen algo (y no hace falta que sean guapas, ni que sean perfectas, ni que me vayan bien, sólo que tengan ese algo que mi olfato capta a distancia y mi corazón ratifica echándose a galopar) compruebo que aún no estoy escarmentado. Miro a la chica y siento que podría enamorarme de ella, a nada que se me ofreciera la ocasión de conocerla un poco. Y lo que es más grave: a veces busco la ocasión. Y la acabo conociendo.

Al fin y al cabo, sólo soy un representante de mi especie. El hombre es el único animal que tropieza 500 veces (o más) en la misma piedra.

2

Cuando yo era inmune

Aunque ahora, respecto del amor, yo sea un pringado como otro cualquiera, durante mucho tiempo fui inmune a su hechizo. En realidad, mi inmunidad duró hasta los quince años, lo que seguramente constituye todo un récord. Por lo menos, y hasta donde puedo acordarme, ni uno solo de mis amigos consiguió aguantar tanto como yo, lo que, dicho sea de paso, me permitía divertirme bastante a costa de ellos. Ya he hablado de Carlos, que es desde los doce años mi mejor amigo y también uno de los más vulnerables a la pasión amorosa. Recuerdo la época que pasó cuando ambos teníamos catorce años, por culpa de una lela que para mí no es que no le prestara atención, sino que ni siquiera se enteraba de por dónde le soplaba el aire. Yo veía a mi amigo tan fastidiado que intentaba con él algunas terapias de choque. Naturalmente, mi intención principal era ayudarle a salir de aquel bache, pero al mismo tiempo podía pasármelo bien y aprovechaba, lo admito. La chica en cuestión padecía un ligero acné y era bastante melindrosa, siempre cogía las cosas como si manchasen. Esto, que a cualquiera le habría parecido repelente, a Carlos le parecía el colmo de la distinción. Para tratar de sacarle de su embobamiento, yo le soltaba lindezas del estilo de:

—Yo qué sé, tío, imagínala reventándose un grano y regando de pus el espejo. Imagínala sacándose mocos muy largos y muy verdes. O mejor, imagínala con la tripa suelta, sentada en...

Carlos me miraba entonces como si acabara de oír una blasfemia, y yo notaba que era incapaz de imaginar lo que le proponía.

—Tú no lo entiendes —replicaba, ausente—. No puedes entenderlo.

—Bueno, a lo mejor no se revienta los granos, ni se saca mocos —admitía yo—. Pero alguna vez tendrá la tripa suelta. Imagínala. No es una diosa, tío.

Pero era inútil. Mi amigo sufría la obnubilación del enamorado, por aquella chica entonces, como la había sufrido por otras antes y la iba a sufrir por otras muchas después. Cuando le daba aquello, perdía toda su capacidad de reacción. Y yo, en eso tenía razón, no podía entenderlo. Aún.

No es que hasta los quince años yo no mostrara el menor interés por las chicas. De hecho, empecé a relacionarme con ellas bastante pronto. Recuerdo que con cinco años ya tenía una buena amiga, llamada Mariluz. Iba con ella a todas partes y prefería su compañía a la de los chicos. Pero me temo que no estaba enamorado de ella, ni mucho menos. No pensaba en ella cuando ella no estaba, no la consideraba por encima de los demás mortales. No; Mariluz era una chica simpática y atenta, nada más. Me sacaba punta a los lápices, me abrochaba el abrigo y hasta me ponía la bufanda en los días de invierno. A los dos nos gustaba leer, y ella pasaba las páginas de los cuentos sobre sus rodillas. Era muy cómodo relacionarse con una niña tan amable. No veía ninguna razón por la que debiera dejar de hacerlo, así que iba con ella y pasaba el tiempo con lo que a ella se le ocurría, que eran cosas siempre apacibles y reflexivas. Pero un día Mariluz dejó de estar, y ni siquiera me acuerdo de cómo ni de cuándo fue. Así se ve lo que en el fondo me importaba. Desde entonces, volví a ir con chicos y a hacer las cosas que hacían los chicos, que siempre eran bastante más bestias que las que hacía con Mariluz. No la eché nunca de menos. O bueno, si acaso, cuando estaba leyendo solo y no tenía sus manitas blancas para pasarme las páginas.

Allá por los once o doce años, como supongo que les pasa a todos, empecé a fijarme en las chicas de un modo diferente. Hasta entonces, no eran más que unas criaturas un poquito menos bastas que los chicos, y algo más pizpiretas, aunque hubiera excepciones. A veces eso podía darles cierto encanto, pero no era demasiado diferente del que pudiera tener cualquier otra cosa agradable de ver, como una foto de un paisaje nevado o un cachorrillo. Sin embargo, a esa edad de los doce años, cuando uno comprueba que las chicas empiezan a cambiar, es casi inevitable verlas de otra manera. Mi caso no fue anormal. Ni dejó de afectarme, ni me convertí en uno de esos tipos de los que las chicas tienen que estarse cuidando todo el tiempo en el recreo, y que no dejan el vicio ni aunque acabe costándoles alguna expulsión. En resumen, que desde entonces le cogí cierto gusto a mirar a las que me parecía que estaban buenas, pero supe mantener el control de mí mismo, tal y como exigían la prudencia y la urbanidad. Lo que ni por un momento hice fue enamorarme de ninguna. Las miraba, las comparaba y decía «ésta me gusta» o «ésta no». Y nada más. No suspiraba por ninguna de noche, no la veía irse contra el cielo del crepúsculo con el corazón encogido. Y cuando leía los poemas de Garcilaso de la Vega, que Carlos me enseñaba como si fueran la máxima maravilla, porque reflejaban no sé qué sentimiento que él había tenido a cuenta de alguna boba de las que ya por entonces empezaban a alterarle el cerebro, no sentía nada, o lo que era peor, me parecían la cosa más cursi y más ñoña que me había echado a la cara, y le decía:

—Este tío, aparte de ser un antiguo y de que no se entiende la mitad de lo que dice, debía de perder aceite que te cagas.

Carlos, que se había documentado a fondo sobre la vida de su ídolo, me rebatía, entre exaltado y ofendido:

—No tienes ni idea. Este tío era soldado en el siglo XVI, cuando se peleaba con una espada que pesaba un huevo y con armadura.

—¿Y? —objetaba yo.

—Que de moña no tenía nada.

—Bueno, eso habría que discutirlo. Un pelín raro sí que debía de ser.

—Eres tú el raro, Pablo —me acusaba.

—¿Raro, yo?

—Sí, porque no sabes apreciar la belleza de la vida.

Carlos tenía esas salidas, un poco impropias de su edad y de su sexo, según me parecía a mí entonces, y que yo solía aconsejarle que reprimiera cuando estaba con extraños. Yo era su amigo y no iba a tomarle al pie de la letra, pero otros podrían malinterpretarle. Carlos no escuchaba mis consejos, y así le iba, o nos iba. Como la vez que había dicho en clase ante todos, incluidos los cafres que iban con Borja, el más animal del grupo, que el arpa aquella del poema de Bécquer era «una metáfora del amante que ha sido abandonado por la amada». Así, literal. Le pusieron un diez, pero Borja hizo un comentario que no puedo reproducir y que luego nos costó partirnos los morros con él y con su gente en el patio. Una mala cosa, porque eran más y Borja estaba bastante cachas, así que nos curraron en condiciones. Mientras nos limpiábamos mutuamente la sangre de las narices, le pedí a Carlos:

—Mira, tío, entiendo que quieras sacar buena nota en Lengua, pero ten cuidado con la poesía, que nos va a costar más de un disgusto.

—¿Y qué? Prefiero vivir con poesía, aunque se rían de mí, que sin poesía y revolcándome en la misma mugre en la que viven esos mendrugos.

—Pues anda, ve a decírselo. Mira que te va la marcha, colega.

Carlos me miró fijamente, con el ojo que empezaba a hinchársele, y me anunció, como si me estuviera echando una maldición gitana:

—A ti también te irá, cuando aprendas a escuchar a tu corazón.

Me eché a reír, aunque me dolía reírme. Entonces no podía imaginar hasta qué punto los hechos iban a darle la razón a mi poético amigo.

3

La primera caída

Y es que la vida es un asunto bastante desconcertante. Uno se mantiene firme durante años, defendiendo a muerte que el veneno del enamoramiento y todas sus consecuencias, desde los suspiros a los versitos, sólo pueden atacar a las niñas tontas y a tipos como Carlos, con una predisposición especial, y de pronto se encuentra con que le ha tocado la china, sin entender cómo ni por qué. Sobre todo, sin haber notado cuándo se produjo dentro de uno el cambio radical que iba a exponerle a sufrir semejante estropicio, y no sólo por esa primera chica, sino ya por los siglos de los siglos y quién sabe cuántas veces más. Hay otra manera de contarlo, claro. Normalmente, todo el mundo lo cuenta de otra manera. El primer amor... Esa sensación de embeleso, esa pasión pura y tierna... Pero si he de ser sincero, y la verdad es que prefiero serlo (si no, de qué me serviría escribir todo este rollo), a mí, cuando me di cuenta de que me había enamorado por primera vez, me invadió una mezcla de asombro y de rabia. ¿Cómo era posible? ¿Cómo podía haber caído en aquella memez? Sin embargo, pronto comprobé que debía rendirme a la evidencia.

Porque la vida era insípida y estaba vacía cuando no la tenía a ella delante, y porque cuando la veía no me cansaba de mirarla; no como a las otras, sino arrastrado por un impulso que podía más que yo.

Alguno se preguntará: ¿y cómo era ella? Alguno supondrá: debía de ser una tía bien maciza, apabullante, una de esas que quita el aliento al más pintado. Bueno, si hubiera sido así, yo habría podido interpretarlo de otra forma. Habría podido pensar que sólo me gustaba mucho, que me había impresionado y por eso había perdido un poco los papeles. Pero no, era tan poca cosa, una chica tan corriente, que no tuve más remedio que admitir que me había enamorado. Mi amigo Carlos lo expresaría de otra forma: era una chica tan especial, para mí, que ni me preocupaba si era guapa o fea.

Pero mejor será empezar a contar los hechos de una vez. La vi por primera vez en mi barrio, que también era el suyo, según averigüé en seguida. Mi barrio es el barrio de Carabanchel, en Madrid. No sé por qué razón es un barrio del que siempre oigo hablar a ciertos listillos que no han nacido aquí, y que vete tú a saber por qué se ocupan de nosotros, como si fuera un lugar muy típico y lleno de gente pintoresca. Gente que se comporta de forma graciosa, que se equivoca al hablar y que suele tener una idea tonta y simple de la vida. Es verdad que aquí no vive, que yo sepa, ningún miembro de la familia real ni ningún académico de la Lengua; pero hay colegios donde nos enseñan a hacer la o sin canuto, nos llegan todos los canales de televisión y algunos hasta vamos a la universidad, donde no parecemos, por cierto, mucho más tarados que los que vienen de otros barrios. En resumen, a los que hemos nacido aquí no nos parece un sitio pintoresco, o no más pintoresco que otros sitios: es nuestra casa, y estamos en ella tan bien o tan mal como cualquiera puede estar en la suya. Tiene sus ventajas, y sus inconvenientes. Nuestra vida da, como la de cualquiera, para reírse, llorar o estar tranquilo. Hasta para sentir, que en eso estaba, el torbellino de la pasión.

Pasión fue, sí, lo que me fulminó cuando mis ojos se cruzaron por primera vez con los ojos de aquella chica. Yo entonces no sabía cómo se llamaba, ni dónde vivía, ni de dónde había salido, pero lo que supe en el acto fue que desde ese momento tenía un problema. La escena, por lo demás, fue más bien ridícula, y sucedió en un sitio poco propicio para el romanticismo. Salía yo de la farmacia, cargado con la pila de medicinas que le hacía falta a mi abuelo, cuando de pronto se me rompió la bolsa (una de esas bolsas finas que dan en las farmacias, con las que deben de ahorrarse un montón de plástico) y se me desparramaron por el suelo todas las cajas de pastillas. Me agaché para recogerlas, y con la vergüenza que te da siempre que se te cae algo, más si es en un lugar de paso, me atropellé un poco. Una caja se me escapó y fue rodando hasta unos pies embutidos en unos aparatosos zapatos de plataforma. Uno de ellos se desplazó ligeramente para detenerla. Entonces alcé la vista, y tras recorrer con ella el menudo cuerpo que había encima de aquellas plataformas, me encontré con unos ojos negros que me observaban como si yo fuera un ratón que correteara por el suelo.

—Cuántas medicinas. Debes de estar muy malito.

Ésas, nunca las olvidaré, fueron las siete primeras palabras que ella me dirigió. Como casi todas las que me diría luego, estaban más cargadas de pólvora que de afecto, y sin embargo, me sonaron a una música sublime y desconocida. Su voz era grave, y no parecía salir de aquel cuerpecillo.

—No son para mí —dije, y en el acto me arrepentí. ¿Por qué tenía que darle explicaciones a aquella niña impertinente?

Recogí la caja fugitiva, me puse de pie y comprobé satisfecho que aunque estuviera subida en aquellas plataformas le sacaba casi la cabeza. Pero ella no se arrugó por eso lo más mínimo. Levantó un poco la barbilla y siguió mirándome, desde abajo, con la misma insolencia con que antes me había mirado desde arriba. Yo no podía apartar mis ojos de los suyos. Nunca había visto nada tan intenso, tan oscuro y a la vez tan lleno de luz. No tengo más remedio que admitirlo: me quedé atontado, mirándola, sin saber qué decir, y además impidiéndole el paso no sólo a ella, sino a otros dos clientes.

—¿Vas a dejarme pasar o me tengo que ir a otra farmacia?

Tardé en captar el sentido de su frase, porque mi atención se desvió a los dientes que su sonrisa acababa de descubrir. No eran perfectos, de hecho los dos centrales de arriba eran más grandes que el resto, y a los de abajo no les habría venido mal una ortodoncia. Pero me parecieron los dientes más adorables que había visto nunca. Ella seguía observándome, impaciente.

—Sí, claro, perdona —balbuceé.

Cuando al fin pasó, no pude hacer lo que hacía con todas, incluso con las más espectaculares. Si había algo que me reventaba era que después de cruzarme con una chica, ella se diera la vuelta y me pillara mirándola. Era la peor afrenta para mi orgullo. Por eso siempre tenía buen cuidado de no mirar a ninguna por detrás. Pero cuando ella, con el pretexto de recolocarse el pelo sobre la oreja, echó un vistazo de reojo desde el mostrador, me cazó *in fraganti*, totalmente absorto en su larga cabellera negra. Y su sonrisita de satisfacción, lejos de lo que hubiera podido pasarme con otra, no me dolió en absoluto. Estaba demasiado anonadado para fijarme en ella.

Sin embargo, lo que vino después fue aún peor. En fin, era comprensible que un día, un momento, uno tuviera la guardia baja. No sé, quizá no había dormido lo suficiente, o había comido algo que me había sentado mal. Eso, unido al pequeño desbarajuste al que había tenido que hacer frente, con todas las medicinas rodando por el suelo, podía justificar y hasta disculpar que le permitiera a aquella chiquitaja sorprenderme mirándole la espalda. Pero para lo que hice a continuación no tenía excusa. Nada, sino que me había convertido de buenas a primeras en un cretino, podía explicar que, en vez de irme derecho a casa, decidiera esconderme detrás de una furgoneta al otro lado de la calle, y allí esperase a que ella saliera de la farmacia. Nada, a no ser que el cerebro se me hubiera puesto en huelga indefinida, podía justificar que se me ocurriese después seguirla a distancia, durante cerca de diez minutos, hasta que la vi desaparecer en un portal que abrió con su llave.

Nada, salvo que me había enamorado, y mi corazón no soportaba la idea: no me permitía correr el riesgo de no volver a verla jamás.

4

La conmoción

Qué duro fue, queridos amigos, aquel primer día. La conocí poco antes de la hora de comer, y hasta el momento en que pude irme a la cama para tratar de desconectar la máquina de cavilar, estuve pensando en ella. Era como si mi mente no quisiera dejar escapar su imagen, ninguno de los detalles que había observado en ella durante nuestro breve encuentro en la puerta de la farmacia. Ni su nariz un poco respingona y con un *piercing* en el lado izquierdo, ni sus orejitas (también perforadas por varios pendientes de plata), ni sus ojos ribeteados de negro. Por momentos se me ocurría que su apariencia era un pelín siniestra (me acordaba de su ropa, toda negra también) y que debía de ser una de esas chifladas con aficiones satánicas, es decir, alguien a quien más bien convenía rehuir. Pero entonces me venía a la memoria su sonrisa luminosa, su mirada penetrante y el garbo con el que se movía encima de sus zapatones, y cualquier reparo que pudiera tener se me desmoronaba como un terrón de azúcar puesto en agua caliente.

En algún otro momento, así como a la caída de la tarde, traté de negarle todo atractivo físico. Razones objetivas no me faltaban. Era una chica pequeñaja, casi habría podido decirse que canija, blancuzca y sin muchas formas. Tenía una carilla resultona, sí, pero en qué quedaría sin maquillar. Y su cabellera llamaba la atención por la longitud y la negrura, pero seguramente la llevaba teñida, y el pelo largo, después de todo, era algo que podía tener cualquiera; no era más que cuestión de paciencia y de cepillárselo mucho. En fin, que habría que verla al natural, sin toda aquella parafernalia de criatura de ultratumba. Seguro que era la cosa más insignificante del mundo. Seguro, sí, me dije, satisfecho de mi dureza y mi despego.

Pero de pronto volví a verla en mi imaginación, tal y como la había visto en la farmacia, inmóvil y desafiante, y todo se me vino abajo. Tuve que admitir que nada me apetecía tanto como volver a encontrármela. Su cara, reconocí, era lo más encantador que había visto nunca. Me parecía la de un ángel, aun con su maquillaje de vampira y las perforaciones que la salpicaban aquí y allá (he olvidado decir que también llevaba taladrado el labio inferior, sobre el que se sujetaba una diminuta bolita de plata). Perdía el tiempo cuando me esforzaba por identificar y apuntar todos sus defectos respecto de un presunto ideal de belleza. En aquel instante, mi ideal era ella, y cualquier otra chica sería la defectuosa en cuanto no se le pareciese.

Mi último intento, ya antes de dormirme, y cuando más enfadado estaba conmigo mismo por haberme dejado atrapar, tuvo que ver con su carácter, o con lo poco que me había dejado atisbar de él. Estaba clarísimo que era una borde, una de esas tías que se lo pasan de miedo con los capullos que tienen la mala idea de hacerles ver que se interesan por ellas. Había aprovechado mi pequeño accidente de la farmacia para reírse de mí, y eso sólo debía considerarlo un pequeño anticipo de la maldad que podía demostrarme si cometía la locura de cortejarla. En este punto me detuve en seco. Pero, ¿es que acaso me estaba planteando en serio la posibilidad de *cortejarla?* Estuve a punto de saltar de la cama y pedirles a mis padres que me llevaran a urgencias para que me hicieran un escáner. Debía de estar desmigajándoseme el cerebro. ¿*Cortejarla*, a semejante escupitajo? Ja, una cosa era aquel lamentable trastorno mental transitorio, que ya procuraría mantener a raya como pudiese, y otra muy distinta permitirme tomar alguna iniciativa bajo su influencia. La había seguido hasta su casa, de acuerdo. Ahora ya sabía dónde vivía, y no había peligro de que se me escapara. Con esa tranquilidad, podía ponerme manos a la obra para alcanzar el único objetivo sensato: olvidarla por completo. Ya se veía que iba a costarme (seguía recordando cada una de sus siete palabras, cada uno de sus movimientos y de sus gestos, cada uno de sus dientes), pero la voluntad nos permite salvar las más altas montañas. A fin de cuentas, aquélla no era sino una cualquiera de los tres mil millones de mujeres que había en el mundo. Y debía de haber, o mejor dicho había, seguro, varios cientos de millones mejores que ella. En cuanto hubiera dormido algo, sería capaz de volver rápidamente a la normalidad.

Con ese consolador pensamiento me dormí. Y al día siguiente, muy temprano, me vi haciendo algo que lo contradecía clamorosamente. A mi madre la sorprendió muchísimo que madrugara tanto un día de vacaciones. Lo más común era que llegara a mediodía del trabajo y me pillara todavía despeinado y con la huella de las sábanas en la cara. Cuando me encontró en la cocina, desayunando y debidamente aseado, a las ocho de la mañana, no podía dar crédito. Me sometió a uno de esos interrogatorios típicos de las madres, que yo repelí con los gruñidos típicos de los hijos. Dejé que se fuera al trabajo con la curiosidad reconcomiéndola, y nadie debe pensar por ello que me gustaba torturar a mi madre, pero tampoco podía contarle la verdad: que había madrugado porque quería estar temprano delante de cierto portal para ver salir a cierta persona y hacer una pequeña comprobación.

En fin, así fue como me lo tomé, porque darles ese sentido instrumental a los actos que nos resultan humillantes contribuye a hacerlos más llevaderos. Por eso, preferí pensar que se trataba de demostrar que el simple paso de unas pocas horas era suficiente para permitirme ver que aquella chica era como cualquier otra y superar, por tanto, el incomprensible deslumbramiento de la víspera. Sin embargo, cuando mi pequeña vampira apareció en el portal, a eso de las doce y cuarto (ella también debía de estar de vacaciones, y como no se había enamorado de nadie, no sentía la necesidad de madrugar), comprendí que había ido allí porque necesitaba volver a verla.

También, de propina, comprendí otra cosa, mucho más terrible: que cada vez que la viera me iba a idiotizar un poco más. Aquella mañana no iba toda de negro. Los zapatos y los pantalones, y una especie de rebeca calada que llevaba, sí lo eran. Pero vestía una camiseta de una blancura deslumbrante, que lograba que su cuello y su cara parecieran aún más llenos de luz. Se la veía seria, abstraída, algo ausente, como siempre que iba sola, y echó a andar hacia la parada del autobús con su energía habitual. Por un momento, pensé en seguirla, y hasta barajé la idea de subir al autobús con ella si lo tomaba. Fue un segundo de inconsciencia. En seguida me di cuenta de que las fuerzas no me llegaban para realizar tamaña osadía.

La dejé ir, y mientras veía cómo se hacía pequeña al fondo de la calle, paladeé por primera vez en mi vida esa sensación agridulce, esa tristeza como con regustillo que nos produce el amar a alguien cuando la historia de nuestro amor todavía no está escrita, cuando sólo es un futuro incierto en el que se apuntan los sinsabores, pero también la ilusión de la felicidad. Supongo que no lo pensé exactamente con estas palabras, en realidad todavía no podía captar todo el significado de lo que me ocurría, pero ahora que lo recuerdo y sé un poco más de los trastornos del amor, comprendo que eran esos sentimientos los que se mezclaban en mi confuso ánimo.

Y en vez de pegarme un cabezazo contra el árbol tras el que me ocultaba, que era lo que hubiera hecho el tipo que yo era hasta el día anterior, me dije que ya iba siendo hora de ir a ver a Carlos y contárselo todo.

5

Quien tiene un amigo...

Quien tiene un amigo, tiene, por encima de todo, una posibilidad de contarle a alguien, sin ponerse colorado, las cosas que más le avergüenza haber hecho o vivido. Normalmente tendemos a creer que la amistad es una cuestión de compartir diversiones, de echarse una mano o de pasar tiempo juntos. Sí, pero nada de eso resulta esencial. Lo esencial, lo definitivo, es poder compartir las miserias. Cuando queráis saber si alguien es realmente vuestro amigo, o si realmente lo sois de él, haced este experimento. Buscad algo que os haga sentir bochorno y rubor, algo que no os guste de vosotros, y pensad en contárselo. Si sentís que podéis hacerlo, no os quepa duda. Si no, podéis abrigar la sospecha de que la amistad no es lo bastante fuerte.

Yo supe lo fuerte que era mi amistad con Carlos el día en que, comiéndome todas las bromas que le había gastado en los últimos tres años, tragándome todas las teorías que hasta entonces había sostenido sobre el amor, y archivando mi careta de tipo frío e impasible, le confesé que había perdido los papeles por una chica que no alcanzaba el metro y medio de estatura, a la que apenas conocía y que en los pocos segundos durante los que habíamos coincidido no había hecho otra cosa que burlarse de mí.

Otro signo por el que se distingue a un amigo es por cómo aprovecha los triunfos que le concedes sobre ti. Mira que Carlos podría haber hecho sangre aquella tarde. Mira que podía haberse desahogado y resarcido de la mala baba que yo me había gastado con él a propósito de aquel asunto. Pero no hizo nada de eso. Se limitó a escucharme en silencio, mientras yo le relataba la historia de mi percance, y después, cuando terminé, me preguntó:

—¿Y cómo es ella? Cuéntame.

La pregunta me descolocó.

—Ya te he dicho —respondí—. Enana, paliducha, plana, antipática. Un verdadero desastre, vamos.

Carlos me observó con una sonrisa compasiva.

—No, no te pido que me la describas de forma general. Quiero que me des los detalles. Lo que quiero saber es por qué te has enamorado.

—Carlos, tío, que esto ya es bastante duro para mí.

—Si me has contado lo otro, me debes esto. O me cuentas los detalles o me llevas a conocerla. No puedo aguantar la curiosidad, entiéndelo. Eres mi colega, y es tu primera chica. Es muy importante para mí.

—No es mi chica —protesté—. Es una desgracia que me ha pasado. Y te estoy pidiendo que me ayudes. Dime cómo se me cura esta mierda.

Carlos se encogió de hombros.

—Qué puedo decirte yo de eso —dijo—. No sé cómo se cura. Es más, mi experiencia no creo que te sirva de mucho, precisamente.

—Bueno, tienes más rodaje que yo en esta maldita enfermedad.

—Más rodaje tengo, sí. Pero eso sólo me sirve para saber que no hay más que dos formas de olvidarte de una chica.

—¿Cuáles?

—O dejas pasar mucho tiempo, o encuentras a otra.

—Pues sí que me ofreces una solución.

Carlos meneó la cabeza.

—No, no es una solución. Porque la verdad es que del todo, lo que se dice del todo, no llegas a olvidarlas nunca. Se te quedan clavadas en alguna parte, y cuando menos lo esperas, vuelven a salir. Y a doler.

—Ostras, tío, no puedo creer que estemos hablando de esto, y que esta vez se trate *de mí* —pensé en voz alta.

—Ya ves, torres más altas han caído —observó Carlos, filosófico.

—No sé, a lo mejor me estoy confundiendo —dudé—. No puede ser amor.

—Hagamos una prueba.

—Qué prueba.

—Supón que alguien te ofreciera la posibilidad de besarla. Y que a cambio te pidiera tu colección de *cedés* de Extremoduro.

Carlos sabía el valor que esa colección tenía para mí. No había ni uno solo pirata, todos eran auténticos. Había tenido que ahorrar muchas pagas de fin de semana para comprarlos. Me quedé dudando. Ya era un síntoma.

—Dime la verdad —pidió—. Si no, no vale.

Seguí dudando.

—Por lo menos te lo piensas —dijo Carlos.

—Es peor que eso —contesté al fin—. Los daría, los *cedés*. Todos. Por un beso de esa indeseable. Soy un hombre acabado.

—No, tío —respondió mi amigo—. Empiezas a vivir la vida.

Le miré a la cara. Sonreía, feliz. Lo decía de veras.

—Pues no sé, como que prefería estar muerto —dije—. Era más cómodo.

—Venga, no te escabullas —insistió Carlos—. Tienes que contármelos. Los detalles. O eso, o me llevas a verla.

Sopesé su mirada. No me lo preguntaba para reírse a mi costa, era algo que le interesaba de veras. Pero la verdad es que yo no estaba para eso.

—Casi prefiero enseñártela —dije.

—Bueno, como quieras —dijo él, poniéndose en pie.

—Lo único que sé es el portal donde vive. Sólo podemos ir a esperar allí.

—Pues vamos.

—Tío, me parece que eres una mala influencia. Deberías animarme a no hacer estas cosas, y vas y me empujas.

—Vamos.

—Puede que esta tarde no salga.

—Correremos el riesgo.

—Estás como una cabra. Vamos a parecer dos idiotas.

—Bueno, y quién va a estar mirando.

—Yo. Yo me estoy mirando. Y alucino.

—Vamos, relájate. Y disfruta.

Traté de relajarme, sobre todo para poder aceptar que lo que Carlos me estaba proponiendo, ir a vigilar su portal, en el fondo me apetecía. A lo mejor él tenía razón. A lo mejor había que rendirse, y así se sentía uno bien. O por lo menos algo mejor de lo que yo me sentía. Cuando me levanté, dispuesto a guiar a Carlos hasta el bloque de aquella chica, me veía a mí mismo como una repugnante cucaracha arrastrándose por el suelo. Me dolía el orgullo como nunca me había dolido antes. Todavía no sabía hasta qué punto iba a perderlo, el orgullo, en la época que se me avecinaba.

Estuvimos esperándola allí, frente a su portal, cerca de un par de horas. No salió hasta las nueve. De nuevo vestida de negro, pero esta vez con el ombligo al aire y ropa más ajustada. Su aparición me dejó K.O. Cada vez que la veía me parecía más perturbadora y más deliciosa. Iba con otra chica, vestida más o menos como ella, unos centímetros más alta.

—¿Cuál es? —preguntó Carlos.

—La más pequeña —murmuré, avergonzado.

—Ajá —dijo mi amigo.

La observó detenidamente. Incluso rodeó el contenedor tras el que nos parapetábamos y se asomó a la calle para verla mejor. Desde mi escondrijo le veía estirar el cuello, sin sacarse las manos de los bolsillos. Mi compinche, pensé, era tan disimulado como un espía vestido de color butano. Estuve a punto de llamarle, pero supuse que sería peor. Cuando ella y su amiga ya se habían alejado lo suficiente como para que a mí me fuera casi imposible distinguirlas (y aquí debo apuntar que Carlos tenía cinco dioptrías en el ojo con que mejor veía), mi amigo regresó a mi lado. Traía en la cara un gesto de absoluta beatitud. Casi de estúpida beatitud. Por un momento tuve ganas de insultarle, o de pegarle un puñetazo en el estómago, por divertirse de ese modo a mi costa. Pero pensé en la vara que le había dado yo en el pasado, y en que tal vez malinterpretaba su gesto, y sólo le pregunté:

—¿Y qué?

Carlos asintió, sin prisa.

—Estoy contento, tío. Muy contento.

—Pero, ¿te gusta?

Su sonrisa se ensanchó hasta llenarle toda la cara.

—No —dijo—. Pero eso es lo de menos.

6

Andando descalzo

Sólo quedaban dos días, un triste y corto fin de semana, para que empezara el curso. A Carlos se le veía muy optimista, entre otras cosas porque esperaba volver a encontrarse con cierta pavisosa que le había empezado a gustar a finales del curso anterior. A veces le observaba y me decía que, desde luego, mi amigo era un tipo que sabía buscarle a todo el lado positivo. El amor le daba bastantes disgustos, porque siempre se fijaba en tías que no le hacían ningún caso, pero a pesar de todo sabía alimentarse sus ilusiones. Y conmigo, que tenía confianza, las compartía sin reparos:

—Vendrá morenita. Y si ya era preciosa antes...

Al oírle decir esto, yo pensé sin remedio en alguien que no debía de tomar el sol jamás, porque al final del verano estaba tan blanca como la leche. Carlos, leyéndome el pensamiento, hurgó un poco en la herida:

—¿Qué? ¿Piensas en ella?

No me acostumbraba. No me acostumbraba a que fuera él quien me preguntaba a mí, quien me ofrecía su consejo y apoyo frente a un desaire amoroso. Porque así es como lo vivía, como un desaire, aunque todavía no hubiera intentado nada. Sabía que aquella chica iba a desairarme. Y eso me pudría todavía más, y me impedía pensar en nada que no fuera ella.

—Sí —respondí, de mala gana—. Pienso en ella. ¿Contento?

—Ya te dije que sí. Ahora tenemos más cosas de las que hablar.

—Sí, y podemos escribir poemas juntos —me burlé.

—Puedes probar. A lo mejor te ayuda.

Le miré fijamente.

—Tienes que prometerme algo, si eres mi amigo —dije.

—Qué.

—Si algún día escribo versitos, avisas al psicólogo del instituto.

—¿Por qué?

—Porque eso significará que he perdido el control y que necesito ayuda.

—Bueno, yo escribo versos.

No lo sabía. Carlos me había leído versos de otros. Nunca suyos.

—No fastidies.

—Pues sí. Empecé en segundo.

—¿Y por qué nunca me los has enseñado?

Carlos se sonrojó un poco y bajó los ojos.

—No te veía muy interesado en eso. Además, son muy malos.

—Bueno, siendo tuyos, me interesarían. Y no voy a poder apreciar si son buenos o malos, ya sabes que yo poesía leo más bien poca.

—No quiero que se los pases al psicólogo del instituto...

—Tío, era una broma.

Mi amigo esbozó una sonrisa perversa.

—Bueno, supongo que ahora puedo dejártelos. Al fin has descubierto que ahí dentro tienes algo parecido a un corazón.

—No me toques las narices. Si te da la gana me los dejas, y si no, da igual.

—Te los dejo, hombre, no te cabrees.

Me los dejó, en efecto, y pude comprobar que tenía razón. Sus poemas eran bastante malos, tanto que hasta un negado para las cuestiones poéticas como yo podía darse cuenta. Sin embargo, me sirvieron para conocer un poco mejor a mi amigo, y también para conocer un poco mejor lo que me estaba pasando. En aquellos versos leía no pocas de las sensaciones que yo tenía, aunque no me atrevía a reconocerlas como las reconocía él. También sucedió otra cosa, y es que al leer lo que Carlos había escrito a propósito de otras, inmediatamente me venía a la cabeza mi amada, y en el fondo me gustaba acordarme de ella con aquellas palabras de mi amigo. En uno de sus poemas, Carlos había escrito, Dios sabe para quién o por culpa de quién:

Descalza, andarás descalza.
Cuando el sendero sea más pedregoso.
Cuando el sol abrase más el polvo.
Algún día. Sí.
Y sé que soñarás, pues muchos lo hicieron,
con un caminante descalzo que ajuste
al tuyo su paso. Vaya si lo harás...

La retahíla seguía, tampoco hace falta ponerla entera. Era una de esas tonterías incoherentes que sólo pueden escribirse bajo el influjo del amor. Pero de pronto la vi, descalza, por un camino polvoriento, y me imaginé a mí mismo, descalzo también, uniéndome a ella, y acompasando mi paso al suyo para ser el caminante que soñaba la protagonista del poema.

Entonces descubrí que otro de los efectos secundarios del amor (ya empezaba a resignarme a considerar como tal el desarreglo que sufría) era que de pronto uno se veía sin nada, porque ninguna cosa en el mundo tenía valor salvo la compañía del ser amado. Y por ella uno podía renunciar a todo, quitarse todo y de todo, como el del poema de mi amigo, que al final, se quitaba los zapatos sin importarle que el polvo y las piedras le abrasaran los pies. El amor te dejaba descalzo, te hacía pobre, te privaba de todo lo que no fuera perseguirlo y entregarte a él. Y contra lo que pudiera parecer, la sensación no era desagradable. Si lo analizaba, me sentía tan desvalido y miserable como nunca me había sentido. Pero no me dolía estar así. Al contrario, la sensación tenía algo de heroico. Algo formidable y potente. No era nada, era menos que nada, porque estaba enamorado de una desconocida que nunca iba a preocuparse de que yo existía, pero respiraba hondo y el aire me entraba en los pulmones como no me había entrado antes.

Aquel fin de semana, el último de las vacaciones, intenté resistir la tentación de ir a espiarla. Y casi lo conseguí. Aguanté hasta el domingo por la noche. De pronto se me ocurrió que al día siguiente ella también empezaría el curso, y deduje que no volvería muy tarde. Le conté a mi madre una bola, que tenía que ir a hacer algo a casa de Carlos, y salí a probar suerte.

Me aposté frente a su portal a las diez y cuarto. Podría esperar hasta las doce menos diez, como mucho. A las doce le había prometido a mi madre estar de vuelta. Y suelo cumplir lo que prometo, tengo esa manía.

Ella llegó a las once y media. Acompañada.

Supongo que cualquier tipo con el que la hubiera visto me habría parecido despreciable. Pero es que éste lo era. Un niñato pelopincho, con una camiseta ajustada de los Backstreet Boys (¿se podía caer más bajo?), muy bronceado y marcando todo el rato musculitos. Durante los cinco minutos que tardaron en despedirse, ella no pareció tratarle con demasiada cortesía, la verdad. Pero el caso era que le aguantaba, que *le prestaba atención*. Fue un tormento insufrible, y eso que al final ella se limitó a abrir el portal y meterse dentro, dejando al otro en la calle. No sé qué hubiera pasado si le hubiera cogido la mano o le hubiera dado un beso. Me habría visto empujado al crimen, y habría conocido la cárcel con sólo quince años.

Le vi irse, al pelopincho, con la mirada nublada por el odio. En ese momento creí que el amor me había mostrado su rostro más infernal. Pero me equivocaba. El infierno no había hecho nada más que asomar ligeramente.

7

La segunda caída

Cuando la gente inicia un nuevo curso, suele pensar en los profesores que le tocarán, en la gente que le caerá en clase, y si es cuarto de ESO, que era lo que yo iba a hacer entonces, en que lo siguiente es el Bachillerato y ya hay que empezar a plantearse lo que uno quiere ser en la vida. Pero me vais a permitir que no cuente aquí mucho de aquel curso, salvo los detalles que tienen que ver con mi historia, porque el día que lo empecé, y durante muchos de los días que vinieron después, las cuestiones académicas no ocupaban demasiado hueco en mi cabeza. En lo único que pensaba era en el pelopincho, para el que se me ocurría una gran variedad de refinadas torturas, y en si me la encontraría a ella en el instituto o no. No la recordaba del año anterior, pero tampoco conocía a toda la gente. Por otra parte, quizá fuera nueva en el barrio. Lo que deseé con todas mis fuerzas fue que no estuviera en el colegio de las monjas. Si iba al instituto, al menos tenía una oportunidad. Si iba a las monjas, bueno, tampoco era imposible, pero iba a resultarme más difícil. Pensaba, por animarme, que no tenía la pinta de las niñas del colegio de monjas. Pero claro, con un uniforme podía cambiar bastante, y aunque al principio supongo que las monjas no les dejarían llevarlos, ahora ya era posible ver, incluso allí, a bastantes chicas con *piercings.*

Sumido en estas cavilaciones, no me preocupé demasiado por el grupo que me había tocado, del que conocía más o menos a la mitad de la gente. Unos cuantos me caían como una patada en la barriga, la mayoría ni fu ni fa y cinco o seis eran más o menos amigos. Carlos estaba entre ellos. Como siempre, y ya era el cuarto año, nos sentamos juntos. Tampoco presté la menor atención a las presentaciones de los profesores, que explicaron el contenido de sus asignaturas y, según el carácter de cada uno, trataron de mostrarse enrollados o de imponer desde el principio su autoridad. Me dio igual, porque yo estaba en otra parte, muy lejos de allí. Cuando entró la profesora de Lengua, que era nueva y dijo llamarse Leonor, seguí durante un tiempo en las nubes. No me enteré de nada de su exposición sobre el programa y sobre el modo en que iba a plantear las clases. Me ayudaba mucho a evadirme el hecho de que aquella profesora no alzase mucho la voz, y cuando sacó un librito gris y lo tomó en sus manos, ante la curiosidad de mis compañeros de clase, no supe de qué iba el juego. Empezó a leer. Eran palabras extrañas, que resbalaron por mis oídos sin entrar en ellos. Un codazo de Carlos, cuyo gesto denotaba una sospechosa satisfacción, me hizo prestar atención a la profesora, y lo que entonces escuché fue el final de un poema:

Yo acabaré, que me entregué sin arte
a quien sabrá perderme y acabarme,
si ella quisiere, y aún sabrá quererlo;

que pues mi voluntad puede matarme,
la suya, que no es tanto de mi parte,
pudiendo, ¿qué hará sino hacerlo?

Escuché aquellos versos, sí, quizá porque los primeros tenían algo que ver con lo que estaba pensando, pero poco a poco dejé de fijarme en las palabras y empecé a fijarme en otra cosa. A medida que se acercaba al final del poema, la voz de la profesora se iba haciendo más intensa, se cargaba de sentimiento, se recreaba en las pausas. Me di cuenta de que nunca había oído una voz como aquélla, tan aterciopelada, tan dulce y tan evocadora. Y entonces, observé a la dueña un poco mejor de lo que la había observado antes. Aparentaba unos veintitantos años, era rubia o iba teñida de rubio (eso nunca se sabe), tenía el pelo rizado y su piel se veía bastante morena. No era fea, aunque tampoco habría ganado un concurso de belleza. Estaba bastante flaca, y a mí las flacas nunca me habían gustado mucho. Pero de ella se desprendía algo, una armonía, una fuerza misteriosa, que transmitía a los versos que acababa de leer y asomaba a sus ojos. Sus ojos. De pronto noté que sus ojos me estaban mirando. A mí. O a alguien que estaba detrás de mí. No. Definitivamente era a mí. ¿A mí? Y qué se suponía que...

—¿Cómo te llamas?

Maldita sea, me preguntaba a mí. Carraspeé.

—Pa-pablo. Pablo Nava.

Mierda, había tartamudeado. Ella me observaba con gesto comprensivo, pero eso no me consolaba mucho de las risitas que oía a mi espalda.

—¿Y bien? ¿Cuál es tu opinión?

Mi opinión sobre qué. Vaya por Dios. Sí que iba a empezar con buen pie.

—Bueno, ejem, está muy bien. Esto... Rima muy bien.

Leonor sonrió. Por no partirse, comprendo al recordarlo ahora.

—Sí, rima, porque es un soneto —explicó, amablemente—. Y los versos tienen todos once sílabas, por la misma razón. Y está bien, claro. Por eso Garcilaso de la Vega es uno de los clásicos de nuestra lengua. Pero sobre lo que os preguntaba antes de leerlo, ¿tú qué opinas?

Garcilaso de la Vega. Aquello era de Garcilaso de la Vega. ¿Y cómo de pronto no me parecía ridículo, idiota, sólo apto para niñas cursis? Pero siendo esto preocupante, tenía un problema más grave y urgente. ¿Qué demonios nos había preguntado? Miré de reojo a Carlos, en busca de ayuda.

—La pregunta es qué actitud crees que tiene el poeta ante el amor —susurró.

Valiente pregunta. Y qué respondía yo ahora. Tenía que reaccionar.

—El poeta piensa que el amor es algo muy importante —dije.

Aquí Leonor ya no pudo reprimir una risita.

—Bueno —dijo—, eso suelen pensar todos los poetas, sí.

Entonces debí de darle lástima, y dejando de mirarme, preguntó:

—¿Alguien tiene alguna idea complementaria a la de vuestro compañero?

—Pues que ese tío era un masoca —dijo desde atrás Samantha, una adicta al *thrash-metal* a la que siempre le gustaba llamar la atención. Por lo general a los profesores les sacaba de quicio, pero Leonor asintió, sin inmutarse.

—No es una mala lectura. Interesante. ¿Alguna más?

Como era de temer, Carlos levantó el dedo.

—Sí, dime.

—El poeta lamenta haberse entregado al amor, porque lo pone a merced de la amada. Y parece que la amada no le hace mucho caso.

Leonor hizo un gesto de aprobación. Definitivamente, Carlos tenía mano con los profesores de Lengua. Siempre sabía decirles lo que esperaban.

—Eso es lo que me gustaría que hicierais —dijo Leonor—. Que, como vuestro compañero, no sólo tratéis de entender lo que los textos dicen, sino que imaginéis lo que hay detrás. Aquí vamos a intentar aprender Lengua y Literatura, no podemos dejar de hacerlo, pero sobre todo vamos a intentar usar la imaginación. Todos la tenéis, y lo que se tiene es para usarlo.

Hablaba muy convencida, aunque se dirigía a un auditorio que en su mayoría sólo estaba esperando a que sonara el timbre, y debía de saberlo. Se veía que creía en lo que decía, que esperaba conseguir enseñarnos algo, a pesar de todo. Me pasó con ella lo que nunca me había pasado con ningún profesor. Deseé que le saliera bien, que consiguiera lo que quería.

Y luego, cuando sonó el timbre y casi todo el mundo vino a darme una palmadita en la espalda y a reírse a costa de mi despiste, lo que deseé fue que me tragase la tierra. O en su defecto, que se tragase a todos y cada uno de los canallas que venían a regodearse. Pero al fin me quedé solo con Carlos, que al menos tuvo la decencia de no sumarse a la mofa general.

—Lo siento, tío —dijo.

—En vez de sentirlo, me podías haber soplado la respuesta —le recriminé—. Tienes todo el curso por delante para hacer méritos y para que la *seño* te considere su alumno predilecto. No tenías que empezar hoy.

—No podía —se excusó—. Estaba mirando. Se habría dado cuenta.

—Ya pensaré detenidamente en los inconvenientes, la próxima vez que surja la posibilidad de echarte una mano en algo.

—Vamos, no te pongas así.

—Menos mal que no parece una bruja —dije.

—No, ni mucho menos. Y tiene buen gusto.

Me quedé mirándole. Por un instante, estuve a punto de decirle lo que sentía, pero por una vez me dio vergüenza y me lo callé. Para distraer la atención, o como venganza por no haberme ayudado, le metí una pulla:

—Oye, puedes enseñarle tus poemas. Y que te dé una opinión.

Carlos me miró, mosqueado.

—Ya sé cómo son —dijo—. Y no se los pienso enseñar a nadie más, después del éxito que han tenido contigo. Supongo que no me has dicho ni palabra porque no te han gustado. Puedes ser sincero. No me voy a cabrear.

—Pues no me matan, la verdad —reconocí—. Pero yo soy un ignorante en materia poética. Ya sabes que suelo leer otras cosas.

Carlos lo sabía. Le había recomendado algunas. Y a veces coincidíamos en nuestros gustos. Su temperamento lírico no le impedía disfrutar de lecturas un poco más contundentes. Era sensible, sí, pero no un lila.

—Bueno, mis poemas son lo de menos —les quitó importancia—. Sobre todo después de escuchar un soneto de Garcilaso de la Vega.

—Oye, Carlos, ¿no te has parado a pensar que eres el único de la clase, y yo no sé si hasta del barrio, al que le gusta un poeta tan carca?

—Puede ser.

—¿Y no te preocupa?

—Pues la verdad, no. Y no sé si tú te has parado a pensar otra cosa.

—¿Qué cosa?

—Lo que canta Extremoduro también es poesía. Y no te creas que los sentimientos son muy diferentes. Cambia la forma de decirlos, sólo.

—¿Poesía, Extremoduro?

—Prueba a escribir las letras. Y ya verás.

—Estás mal de la chola, tío.

Pero después empecé a acordarme de algunas letras, y me entró la duda. Esa misma noche, al llegar a casa, hice unas cuantas comprobaciones. Y el caso era que sí, quitando los tacos de Extremoduro y cambiando alguna palabra de Garcilaso de la Vega por el equivalente moderno, tampoco había tanta diferencia. Bueno, supuse que Garcilaso de la Vega tenía mejor técnica como poeta, que por algo él venía en los libros de Literatura y Extremoduro no. Andaba en eso, cuando me encontré de pronto con estas palabras:

Fue por ti, por tu luz,
el día que te conocí
se me abrió el corazón,
sólo vivo para ti.

Nunca, las muchas veces que había oído antes la canción, me había fijado en lo que decía. Pero aquella noche sí lo hice. Y sin poder evitarlo, mientras la escuchaba, dos rostros acudieron a mi memoria. Uno era el de la chica de la farmacia, a quien echaba de menos y temía ya apuntada al colegio de las monjas. Y sí, tengo que reconocerlo: el segundo rostro no era otro que el de mi profesora Leonor, leyendo aquellos versos, mirándome fijamente a los ojos, o sonriendo ante mis meteduras de pata. Las dos se revolvían en mi mente, y en mi corazón había un revoltijo todavía peor.

En fin, que para qué ocultarlo. Que cualquiera de las dos, de pronto, le daba sentido a aquella letra de canción, y que yo ya no entendía nada.

8

En la nube de tu nombre

Si pienso en mi vida como en un partido de fútbol, tengo la impresión de que siempre me cuelan los goles por la escuadra. De poco me vale estar atento para tratar de parar el balón. Siempre viene por donde menos espero y nada me libra de tener que agacharme a recogerlo del fondo de la red.

Así sucedió, sin ir más lejos, el segundo día de aquel curso. Llegaba a la puerta del instituto pensando en mi profesora Leonor. Todos mis esfuerzos estaban puestos en reprimir los peligrosos sentimientos que notaba en mí hacia ella, para no delatarme en cuanto me mirara o me preguntase. Y allí, en la puerta, sin comerlo ni beberlo, me di de bruces con alguien que salía. Alguien a quien no estaba en absoluto preparado para encontrarme.

Iba de negro, cómo no. Llevaba puestos unos auriculares, de los que escapaba el chirrido de una música que en sus oídos debía de sonar bastante estruendosa. Casi me choqué con ella. Entonces alzó la vista y mis ojos se tropezaron con los suyos, como había sucedido días atrás. El encontronazo, así de improviso, volvió a dejarme noqueado, como la primera vez.

Sin quitarse los auriculares, y probablemente por eso en voz un poco más alta de lo normal, ella dijo:

—Bueno, ya veo que vas a especializarte en cerrarme el paso.

—Perdona —murmuré.

—¿Qué? —preguntó, sacándose el auricular de una oreja.

—Que perdones, venía despistado.

—Sí, un poco despistado sí que pareces.

Me aparté bruscamente, y al hacerlo me di con el codo contra el marco de la puerta. El golpe fue justo ahí, en ese hueso donde ves todas las estrellas del firmamento y algunas más. Me aguanté como pude, pero la cara debió de torcérseme de forma tan patética que ella se dio cuenta.

—Cuidado, hombre. ¿Te has hecho daño?

—N-no, no ha sido nada —gemí, con un hilo de voz.

—En fin, espero que termines de despertarte pronto, o al menos antes de que te rompas algo —bromeó, y echó a caminar.

—¿Estudias aquí? —le pregunté, un segundo antes de que volviera a ponerse el auricular que se había quitado.

Ella se volvió y me miró como si yo hubiera dicho algo inconveniente.

—Claro. Si no, ¿para qué iba a venir tan temprano?

—¿A qué curso vas?

No era valor lo que me animaba a interrogarla. Era nerviosismo, improvisación. Vamos, que no sabía qué hacer ni dónde meterme.

—¿Me estás haciendo la ficha?

—Sólo preguntaba por curiosidad —me excusé, avergonzado.

—A tercero. Pero debería ir a cuarto. Repetí segundo.

Cualquier otro se hubiera resistido a contar que había sido repetidor. Al menos yo, si alguna vez hubiera repetido, no habría ido contándoselo a todo el mundo así, a las primeras de cambio. Pero ella casi presumía de ello.

—Sí, puedes pensarlo —añadió, sonriendo—. Soy una torpe.

Me sorprendió completamente. Habría apostado que era buena estudiante, que era lista, que sacaba mejores notas que yo. Quizá era por esa inferioridad que sentía en su presencia, que me llevaba a creer que me superaba en todo. Pero no, me dije. Aunque suspendiera, de torpe no tenía nada.

—En fin, llego tarde al laboratorio. Me van a regañar. Hasta otra.

Una vez más, le hablé un segundo antes de que se pusiera el auricular:

—Oye, ¿puedo preguntarte tu nombre?

—Puedes —dijo, con un brillo malicioso en la mirada, mientras terminaba de encasquetarse el auricular en la oreja.

Al volumen al que estaba escuchando aquella música infernal, no debió de oírme, sólo pudo leer en mis labios la pregunta:

—¿Cómo te llamas?

Siguió mirándome, sonriente, durante un par de segundos. Luego gritó:

—Vanessa.

Y se dio media vuelta y se fue. Naturalmente, no se paró a preguntarme cómo me llamaba yo, y no me molestó aquella descortesía. En mi cerebro, mientras la veía alejarse camino del laboratorio, no había nada más que aquellas siete letras: V-A-N-E-S-S-A. Las repetí una, dos, tres, cien veces. Confieso que no era un nombre que antes me gustara especialmente. De hecho, me parecía uno de esos que resultan más bien chistosos y algo increíbles. Sólo un poco menos que Winona o Abigaíl (que me perdonen las Winonas y las Abigaíles). Pero de pronto era mi nombre favorito.

Ésa es otra forma de reconocer el amor. Como se trata de un sentimiento contrario a la lógica, uno no encuentra en la amada la manifestación o la confirmación de lo que le ha gustado siempre, que es lo que cabría esperar, sino que por culpa de ella se sorprende admirando lo que antes le daba risa o le traía al fresco. A veces es justo eso, lo que en la amada falla, lo que al enamorado le resulta más atractivo, lo que le hará perder la cabeza por ella y le servirá para recordarla por encima de todas las demás cosas. Como me sucedía a mí con Vanessa, de quien paladeaba despacio el nombre, aquel mismo nombre que antes habría considerado ridículo, y recordaba con estúpido arrobo sus dientes que pedían a gritos una ortodoncia.

Caminé suspendido en una nube hasta la puerta misma de mi clase. Cuando llegué, los vi a todos sentados y a alguien al fondo, de pie.

—Vamos, Pablo Nava —dijo la figura del fondo—. Pasa y cierra la puerta, que ya va siendo hora de empezar.

Por la voz la reconocí. La voz llegó hasta mis oídos, penetró en mi mente y desintegró la nube en que venía. Era Leonor, con quien teníamos la primera clase. Me había olvidado de eso y, lo que era peor, me había olvidado de todas mis precauciones para parecer imperturbable ante ella. La profesora, en cambio, se acordaba de mi nombre, y quizá eso me hizo sentir más expuesto y más indefenso de lo que ya estaba. Tras unos segundos de vacilación, retrocedí, agarré la puerta y la cerré sin calcular bien la fuerza con que lo hacía. El portazo hizo que todas las cabezas se volviesen.

—Vaya, Pablo, te pedí que la cerraras, no que la incrustaras en el marco.

El comentario de la profesora provocó una carcajada general. Yo me arrastré como pude hasta mi sitio, poniendo mucho cuidado en mirar dónde pisaba, para evitar tropezarme con algo y seguirles sirviendo de payaso a todos. Logré llegar sin ningún otro accidente y tomé asiento junto a Carlos, mientras ella me observaba con un gesto compasivo.

El amor, decididamente, me estaba convirtiendo en un tipo lastimoso.

9

Confidencias en el parque

Aquella mañana, como haría muchas otras, Leonor nos habló de fonemas y sintagmas y asuntos por el estilo, que en boca de cualquier otro habrían sonado entre odiosos y repugnantes, y que sin embargo en la suya se convertían en la clave de sugerentes misterios. Como profesora, era rigurosa y exigente, aunque nunca dejaba de mostrarse amable. Al principio, eso desorientó un poco a algunos, que lograron situarse en seguida cuando con toda amabilidad les cascó los primeros ceros. Por lo demás, ponía mucho énfasis en todo lo que explicaba, aunque el auditorio estuviera dormido o se mostrara indiferente, situación que se daba a menudo. Pero no se alteraba ni gritaba cuando la gente hablaba o no atendía, como les pasaba a otros. Sólo miraba al díscolo con dulzura y le decía, con su voz melodiosa:

—Si estás empeñado en suspender esta asignatura, me lo dices, y a lo mejor encontramos una solución que te ahorre el martirio de venir a clase.

Siempre había quien no se arrugaba ante la amenaza, desde luego, y seguía a lo suyo, pero al menos tenía el detalle de hablar más bajo o disimular mejor.

Nadie se le enfrentaba. Aunque Leonor tenía un aspecto frágil y nunca alzara la voz, se le intuía una energía que disuadía a los provocadores.

Por mi parte, puedo decir que me sirvió para aprender Literatura y Lengua como nunca aprendí ninguna otra asignatura. He olvidado casi todo lo que di de otras, pero en mi memoria perduran aún hoy, grabadas a fuego y con todo lujo de detalles, muchas de las explicaciones que le escuché a Leonor. Me fijaba en ella, la escuchaba a ella, pero la sintaxis y la métrica y los demás conocimientos que ella me transmitía se llenaban de ella también y así se convertían en algo inolvidable, en una parte inseparable de lo que en ella amaba. Porque sí: desde aquella primera clase me di cuenta de que la amaba. Me di cuenta también, claro, del despropósito que eso era. Me sacaba más de diez años, no tenía ninguna oportunidad, ni siquiera podría llegar a decírselo nunca. Tendría que pasar todo el curso escondiéndolo, procurando impedir que ella se percatase de ello. En realidad, lo que debía hacer, lo único que resultaba razonable, era esforzarme por arrancar aquel sentimiento de mí, pero ya había aprendido que frente al amor no valía ningún cálculo, que era algo que pasaba y que había que encajarlo según venía.

En algún momento se me ocurrió que todo aquello, mi debilidad por la áspera Vanessa, mi no menos irresistible atracción por la inalcanzable Leonor, era una especie de trampa fatídica. Llegué a temer que si no salía de ella caminaba hacia mi perdición, y ni por ésas dejaron Vanessa y Leonor de ocupar mi pensamiento. Al revés: la posibilidad de que ambas fueran perjudiciales para mí las volvía mucho más fascinantes. A medida que profundizaba en el conocimiento del amor, más razones reunía para considerarlo aberrante y enfermizo. Pero igual me daba: no podía luchar contra él.

Supongo que ya lo había admitido, es decir, que ya me había rendido cuando aquella tarde salí a dar una vuelta con Carlos. Por eso debí de pensar que no tenía sentido retrasar más el momento de confesárselo.

Al principio, pareció que iba a ser él el que hiciera las confidencias.

—Voy a contarte una cosa que creo que te va a sorprender —dijo.

—Yo sí que puedo contarte algo sorprendente —respondí—. Bueno, más bien creo que tengo que contártelo.

Carlos se quedó momentáneamente descolocado. Luego reaccionó:

—¿Ah, sí? Y qué, ¿tiene que ver con aquélla?

—En parte.

—Vamos, cuenta.

Paseábamos por uno de nuestros lugares habituales de correrías, el parque de las Cruces. Habíamos ido allí mil veces, al principio con las bicicletas y nuestra inagotable energía de niños. Luego, andando el tiempo, había sido el escenario de muchas de nuestras charlas más íntimas, donde habíamos vaciado las primeras botellas de bebidas prohibidas y donde él me había hablado de todas sus amadas imposibles. También allí habíamos compartido un buen pedazo de lo que nos había hecho amigos. Esto último no era demasiado fácil de explicar. Creo que el fundamento de nuestra amistad era que cada uno había escuchado siempre con atención las paridas del otro, aunque no nos priváramos de tomarlas a cachondeo si venía al caso. Yo le escuchaba a él hablar de todo lo que le gustaba, y así le soportaba no sólo aquella manía por la poesía y las chicas distraídas, sino también la que tenía por el ajedrez, a pesar de que a mí me atraía poco y no sabía jugar apenas. Y él me escuchaba hablar a mí de *heavy metal* y de la Segunda Guerra Mundial, una de mis paranoias, por culpa, entre otras, de las novelas de Sven Hassel, que mi abuelo me había regalado (tras advertirme que no se las dejara leer a mi madre) uno de esos días que le daba por decir que se iba a morir pronto y que tenía que empezar a repartir la herencia. Carlos no encajaba mucho con las historias sanguinarias que contaba Sven Hassel, pero había llegado a leerse varios de sus libros para tratar de comprender mi pasión. En resumen, éramos amigos porque nada del otro nos era ajeno, y porque nos habíamos acostumbrado a construir el mundo sumando los intereses y las aficiones de los dos. Vivíamos así en un lugar hecho de versos y guitarrazos, de aperturas de ajedrez y nombres de divisiones *panzer*, por el que desfilaban como suaves fantasmas todas aquellas chicas suyas y, ahora, también, empezaban a desfilar las mías. Y era un lugar estupendo, el mejor en el que se podía estar. Por eso sentíamos la necesidad de traer a él todo lo que nos parecía valioso.

Tuvo que ser por tanto allí, en aquel parque de las Cruces que siempre había acogido los momentos decisivos de nuestra amistad, donde le contara a Carlos el barullo en el que de repente me veía sumergido.

—Pero vamos, di, ¿qué ha pasado? —insistió.

—La he visto, esta mañana —dije—. En la puerta del instituto.

—O sea, que va allí. ¿Y cómo no la teníamos fichada?

—No lo sé. Hace tercero, pero repitió segundo.

—De todas formas. Quizá sea nueva.

—Eso he pensado yo.

—Bueno, ¿y qué? —dijo—. ¿Por qué te lo tenías tan callado?

—No fue un gran éxito —admití.

—¿Y eso?

—Me parece que le resulto más cómico que otra cosa. Y me parece también que si sigo así voy a tener que acabar dedicándome al circo.

—Pero, ¿hablaste con ella?

—Sí. Incluso me dijo su nombre. Vanessa.

—Vanessa... —repitió Carlos—. Es chulo.

—Qué va, es de risa. Enamorarse de una Vanessa...

—Vamos, tío. ¿Por qué te lo tomas tan mal?

—Porque lo tengo crudo con ella, eso está claro. Y eso que me parece que compartimos gustos musicales, por lo menos. Iba oyendo música bastante cañera, aunque no pude distinguirla porque la oía con auriculares.

—Bueno, eso es un principio. Puedes regalarle algo de Extremoduro. Un regalo bien escogido siempre ablanda a una chica.

—¿Lo dices por experiencia?

—No, yo siempre los escojo mal, los regalos.

—Lo que siempre escoges mal son las chicas —me burlé.

—Puede ser...

—Aunque mira quién habla —reflexioné en voz alta.

—No sé —dudó Carlos—, yo creo que esa chica, Vanessa, tiene algo. No me parece tan mala elección.

—Es que ahí no acaba la cosa.

—¿Qué más te dijo?

—Vanessa, nada. Lo gordo no tiene que ver con ella.

Carlos abrió mucho los ojos.

—¿Lo gordo?

—Verás, estoy hecho un lío —dije—. No sé si lo que te voy a contar es un síntoma de que se me ha ido la perola del todo o qué. Pero es la verdad, qué voy a hacerle. Ahí va: creo que me he enamorado de otra, tío.

—¿Otra? ¿Tan mal te ha caído esa Vanessa?

—No, si me sigue gustando. Vamos, me gusta más que nunca. Esta mañana me dejó atontado. Digo que me he enamorado de otra más.

—Bueno, bueno, tío. A ver. Soy todo oídos.

—¿Tú crees que uno puede enamorarse de dos a la vez?

Mi amigo pareció meditar.

—No es imposible. Aunque a mí no me ha pasado nunca.

—Es que lo de ésta es todavía peor que lo de Vanessa.

—¿Por qué? ¿Quién es?

—Leonor, la de Lengua.

Carlos se quedó lívido. En aquel momento, creí que mi amigo estaba pensando que me había vuelto loco. Y no me sabía mal que pensara aquello, en realidad era lo que cabía esperar, lo que yo mismo opinaba.

—Vaya... —murmuró.

—Vamos, dilo. Crees que estoy como una cabra.

Tardó unos segundos en responder. Rehuyéndome los ojos, dijo:

—No, tío. Francamente, yo... En fin, creo que tienes buen gusto.

Supuse que lo decía para ser amable, y hasta temí que me estuviera tomando el pelo. Pero a mi amigo se le veía muy serio, tan serio como pocas veces le había visto. Interpreté que era por la preocupación que sentía por mí. Es curioso cómo a veces no nos damos cuenta de lo que tenemos delante de las narices. A mí me iba a llevar tres años, nada menos, averiguar la verdadera razón por la que Carlos se quedó tan serio aquella tarde.

10

Los ritos solitarios

Hay situaciones a las que parece que uno nunca se va a acostumbrar. Por ejemplo, aquélla en la que yo me encontraba, enamorado a la vez de mi profesora de Lengua y de una esquiva repetidora. Vanessa y Leonor eran polos opuestos, en casi todos los sentidos, aunque había algo que compartían, por lo que se refería a mí: ninguna de las dos (y no podía ignorarlo, porque saltaba a la vista) iba a hacerme caso jamás. A partir de ese detalle, cualquiera habría pronosticado que mi existencia iba a volverse insufrible.

Y sin embargo, a medida que fueron transcurriendo los días, me fui haciendo a vivir así. Hay algo que me llama la atención en el recuerdo de aquellos primeros meses, una vez que se me pasaron el sobresalto y la mala uva del principio: la mansedumbre con que empecé a tomármelo todo. Podía haberme amargado, al sentir que nunca iba a llegar a nada con ninguna de ellas; pero es curioso: esa misma imposibilidad me dio una especie de paz.

Volví a encontrarme muchas veces con Vanessa, y volví a sentir el corazón acelerarse cuando la veía. Fui a espiarla a su portal, con Carlos, y hacerlo se convirtió incluso en un pasatiempo cuando no sabíamos en qué gastar las tardes de aquel otoño. Pero me consolaba con verla así, esporádicamente y a distancia, y con recordarla después a solas o con Carlos, sintiendo cómo mi amor por ella se iba haciendo cada vez más fuerte y más profundo y a la vez más desesperado. No pensaba en intentar nada; de hecho, durante meses, cuando me la cruzaba, me limité a decirle «hola», que era todo lo que ella me respondía. No era feliz, pero tampoco me sentía desgraciado. Junto a mi amigo, que como era habitual también andaba de cabeza por una chica que pasaba olímpicamente de él, procuraba sacarle a aquella pasión sin expectativas el lado bueno, o positivo, o como se quiera decir. Era agradable hablar de nuestras amadas inaccesibles, incluso había momentos en que tenía la sensación de que eso era lo más agradable, mucho más de lo que podría serlo llegar a compartir en realidad algo con la arisca Vanessa.

Con Leonor, la cosa era más difícil. Tenía que verla casi todos los días, en clase; tenía que atender a sus explicaciones, traerle hechos los ejercicios, decirle cuando me preguntaba mi opinión sobre poemas o historias que, no sé por qué, casi siempre hablaban de amor. Eso sí me dolía, a veces: oírla recitar, con aquella voz suya que me parecía la música más sublime del universo, poemas que expresaban los sentimientos que ella nunca abrigaría hacia mí. Pero con el tiempo, hasta a aquello pude acostumbrarme.

En vez de atormentarme por tener que admitir que entre ella y yo no podía haber nada, elegí dar gracias por el tiempo que podía pasar contemplándola, escuchándola; aunque fuera en la distancia de la relación entre profesora y alumno. Creo que nunca nadie prestó tanta atención en sus clases, y eso pronto empezó a dar sus resultados. En el primer examen que me puso, le saqué un diez. Ya que nunca podría recibir de ella otra clase de aprobación, rocé el nirvana cuando me felicitó por aquel ejercicio. Sentir sobre mí su mirada cálida, ver su sonrisa dedicada sólo a mí. Era un placer de dioses. Decidí que me comería los libros a bocados, si hacía falta, con tal de lograr que volviera a mirarme así todas las veces que fuera posible. Casi lamenté que en el curso no hubiera cuarenta evaluaciones, para hacer muchos más exámenes por los que ella pudiera felicitarme de aquella manera.

Mis dos amores se convirtieron, pues, en una devoción secreta y solitaria, en la que sólo dejé entrar, y no del todo, a mi amigo Carlos. Una de las cosas que les da por hacer a los enamorados es inventarse ritos estrambóticos. Y estos ritos es difícil compartirlos, ni siquiera con tu amigo del alma. Yo me inventé muchos, algunos tan disparatados que me da vergüenza contarlos. Incluso llegué, para mi pasmo, a hacer poemas. Sí, poemas, tan espantosos, o aun peores que los que Carlos escribía. Parecía increíble que el que se entregaba a todas aquellas extravagancias fuera el mismo tipo que apenas unos meses antes estaba convencido de que el amor era una tontería en la que sólo caía gente con la sesera estropeada, el mismo que se había resistido con uñas y dientes al sentirse infectado por aquel veneno.

Una de las manías que tenía, por ejemplo, era la de escribir continuamente sus nombres, en todas partes. En mis cuadernos, en mis libros, en las mesas, en las paredes, en las puertas de los servicios. Pero para impedir que los reconociera nadie que no fuera yo, lo hacía en alfabeto cirílico. Lo había descubierto en la enciclopedia de casa. Los rusos escriben con letras diferentes de las nuestras, que representan más o menos los mismos sonidos, pero de otra forma. Lo llaman alfabeto cirílico por un tal Cirilo, el monje que se lo inventó. Como la gente no suele conocerlo, me servía para despistar. Así que no escribía Vanessa, sino Ванесса, ni Leonor, sino Леонор. Cuando alguna vez Carlos lo veía y me preguntaba, le decía que eran los nombres de dos carros de combate rusos de la Segunda Guerra Mundial. Lo tomaba como una parte de mis chifladuras bélicas, y no preguntaba más. Así podía dibujar aquellas letras exóticas y contemplarlas, una y otra vez.

Otra chaladura por la que me dio era mucho más peligrosa. Un día, matando el rato por las calles del barrio, Carlos y yo nos habíamos fijado en un edificio, un bloque de pisos más alto que los que lo rodeaban. Miramos hacia el tejado, y no sé a quién de los dos se le ocurrió que debía de tenerse una buena vista desde allá arriba. Había portero automático, pero no tuvimos más que esperar a que saliera un vecino para entrar. Subimos en el ascensor hasta el último piso y luego por las escaleras hasta una ventana que daba al tejado. Aunque estaba alta, pudimos trepar hasta ella. La primera vez era una noche de verano, y cuando estuvimos al fin sobre el tejado, con las luces de Madrid que se extendían a nuestros pies, nos pareció que la vista bien valía el riesgo que corríamos. Volvimos a menudo allí, sobre todo cuando hacía buen tiempo. Nos pasábamos horas tumbados sobre las tejas, charlando y disfrutando del paisaje. Ya sé que la gente prefiere mirar bosques y lagos y todas esas estampas de postal, pero a mí nada me parece comparable al espectáculo que ofrece una ciudad como Madrid, de noche. De vez en cuando también mirábamos hacia arriba, aunque eso nos atraía menos: pocas estrellas le deja ver a uno la contaminación en el cielo de Carabanchel.

Pues bien, a ese mismo tejado empecé a subir solo, aquel otoño. Hacía frío, y a veces un viento que te obligaba a ir muy agachado para no salir volando. Enfrentarse a él era una locura, y cuanto más loco me parecía, más me gustaba. Me llevaba el *walkman* y allí pensaba en ellas, oyendo mi música favorita. Al principio, cómo no, Extremoduro. Pero por aquel entonces descubrí otras músicas que iban mejor con mi estado de ánimo.

Me aficioné especialmente a los Massive Attack, que daban un aire tranquilo y misterioso a la ciudad tendida a mis pies, y a los viejos Iron Maiden, que a pesar de los años seguían siendo unos maestros del ritmo y ofrecían el fondo sonoro ideal para las noches en que me apetecía un poco más de leña.

Recuerdo, por encima de todas, dos canciones: *Sly*, de Massive Attack, y *Hallowed Be Thy Name*, el clásico de los Maiden. Eran muy diferentes, una lenta y enigmática, y la otra una descarga de adrenalina. No me gustaban por casualidad; los propios títulos daban una pista. *Sly* significa *furtivo*, como lo era mi pasión por Leonor y Vanessa. Y *Hallowed Be Thy Name*, o lo que es lo mismo, *bendito sea tu nombre*, era lo que acababa sintiendo allí arriba, solo, cuando me acordaba de cualquiera de las dos. Vais a pensar que soy un imbécil sentimental. El caso es que en más de una ocasión, en lo alto del tejado, mientras escuchaba aquella música, mis ojos se llenaron de lágrimas. Yo las achacaba a la fuerza del viento, que al darme en la cara las hacía brotar. Pero es posible que alguna vez no fuera eso, sino otra cosa.

Quizá fuera aquello de lo que siempre hablaba Carlos: la belleza de la vida, que al fin, a través de aquel amor sin futuro y de los ritos solitarios a que me conducía, había aprendido a apreciar en toda su amplitud.

11

Llega el diablo

Muchas veces pienso que todo habría podido continuar así siempre. Que podría haber seguido queriéndolas a las dos a la vez, de tapadillo, sin llegar a plantearme ningún acercamiento, suspirando por ellas en lo alto del tejado y dibujando la forma rusa de sus nombres en cualquier superficie sobre la que pudiera escribirse. En el fondo, era una solución cómoda, que evitaba problemas y que no carecía de alicientes. Mi vida, después de todo, era mucho más emocionante desde que estaba enamorado de ellas, y aunque no tuviera esperanzas de conquistarlas, podía darme algunas pequeñas satisfacciones. Cuando las veía, o cuando las recordaba con alguna música de las que me gustaban, mi alma vibraba y no me parecía que hiciera falta más.

De pronto comprendía a Carlos, con su perseverancia en cultivar amores imposibles, y advertía que aquella propensión, que al verla desde fuera siempre me había parecido puro masoquismo, podía tener sus compensaciones (quizá debía deducir que me había vuelto masoquista yo también, pero si así era, tampoco me preocupaba mucho). Otra ventaja de aquel estado de cosas era que podía amarlas a las dos, lo que me habría resultado mucho más difícil si la conquista de alguna hubiera sido factible. En ese caso, lo quisiera o no, habría tenido que acabar renunciando a la otra.

Sin embargo, parece que el diablo está siempre acechando para llevarse por delante cualquier forma de arreglo que podamos conseguir. Yo me había construido aquel equilibrio a fuerza de resignarme respecto de una y otra. Respecto de Leonor, por los escollos de todo tipo, comenzando por la diferencia de edad. Respecto de Vanessa, porque nunca, cuando la veía, me parecía que fuera a inspirarle nada más que risa o lástima. Por eso no buscaba nada con ninguna, y había llegado a conformarme con mi suerte. Entonces, cuando menos lo esperaba, vino el diablo a provocarme.

Otra cosa que tiene, el diablo, es que sabe adoptar el rostro más inocente y venir de la mano de los seres más angelicales. Por eso, seguramente, no llegó a mí a través de Vanessa, frente a quien habría podido estar más prevenido, sino de Leonor, ante quien tendía a sentirme más relajado. Con la práctica, había aprendido a ocultar mis emociones ante ella, que camuflaba bajo un aparente entusiasmo por su asignatura. Además, yo era, junto con Carlos, su mejor alumno, y ella me trataba de forma afectuosa. Era un afecto puramente profesoral, pero era afecto, al fin y al cabo.

Ocurrió una mañana de comienzos de abril. Al otoño había sucedido el invierno y al invierno la primavera. Hacía ya seis meses que Leonor nos daba clase, y seis meses que yo vivía en silencio mi platónico amor por ella. El tiempo lo había hecho más hondo y más firme. No esperaba nada de ella, que es, tal vez, la forma más genuina de amar a alguien. Me limitaba a apurar cada segundo, sabiendo que el fin de curso se acercaba y que entonces dejaría de verla. Pero no quería pensar en eso. Sólo la escuchaba.

Y esa mañana, en mitad de la explicación, no sé por qué, Leonor mencionó un libro. Digo que no sé por qué, porque no estaba en el programa, ni era una de las lecturas obligatorias, ni de las recomendadas. Algo se lo recordó, simplemente, y empezó a hablar de él de un modo encendido.

—Es uno de esos libros que despiertan la pasión por la lectura —decía—. Es tan... interesante. Tan... sorprendente. Y lo más increíble es que lo escribió un muchacho de diecisiete años. ¿Os dais cuenta? Diecisiete años. Para que luego penséis que la literatura es cosa de viejos. Casi con la misma edad que vosotros tenéis, este hombre no sólo leía libros, los escribía. Y escribió éste, que es una joya, una verdadera obra maestra...

—¿Y cómo dice que se llama? —bostezó Samantha, desde atrás.

—*El diablo en el cuerpo* —respondió Leonor—. El autor se llama Raymond Radiguet y era francés. Murió muy joven, el pobre.

—¿Y qué es, de terror? —se interesó Samantha.

—No, nada de eso. Es una historia de amor. De un amor imposible, y que sin embargo acaba sucediendo. Es también un amor cruel, pero yo me quedo con la otra parte. Con la idea de que el amor puede con todo, y no hay barreras de ninguna clase que puedan impedirle el paso.

Se notaba que aquel libro, por la razón que fuera, la había impresionado. Y la forma en que hablaba de él logró despertar el interés de los que nunca se interesaban por nada. Uno de ellos, Jonathan, que no solía tener en la cabeza otra cosa que la alineación del Atleti, acabó preguntando:

—¿Y por qué es imposible el rollo amoroso ese? Si se puede saber.

Leonor lo observó con curiosidad. Era la primera vez que Jonathan preguntaba algo en clase. Mirándole fijamente a los ojos, le explicó:

—Es la historia del amor entre un muchacho y una mujer mayor que él. Y además la mujer está casada. Con otro, naturalmente.

—Buf, qué marronazo —opinó Jonathan.

—Prueba a leerlo —dijo Leonor—. A lo mejor te engancha.

—Bah —replicó Jonathan—. Yo no he leído un libro entero nunca. Y no voy a empezar ahora, con una historia de amorcitos.

—Tú mismo, yo no voy a obligarte. En realidad, quizá no debería invitaros a leer una novela así. Pero entre tú y yo, no sabes lo que te pierdes.

Pese a las hábiles provocaciones de Leonor, estoy seguro de que a estas alturas Jonathan aún no ha leído *El diablo en el cuerpo*, y me supongo que se morirá sin leerlo. Pero yo, y estoy seguro de que muchos comprendéis muy bien por qué, me lo devoré de una sentada, aquella misma tarde.

Fue con aquel libro, y con las palabras con que Leonor nos lo había recomendado, como se me metió en el cuerpo no sé si el diablo, pero sí el gusanillo que me iba a impulsar a pasar al ataque. O lo que es lo mismo, a perder el sosiego y la paz y empezar a meterme en líos.

12

Lo que puede hacer un libro

La verdad, yo nunca había leído un libro así. Los había leído fuertes, incluso brutales. Por ejemplo, *La legión de los condenados*, de mi admirado Sven Hassel, era cualquier cosa menos una lectura para parvulitos. Y ni siquiera ahí, pese a todas las atrocidades que se iban sucediendo, me había encontrado con una historia tan dura, que golpeara en el estómago como lo hacía *El diablo en el cuerpo*, de aquel Raymond Radiguet. Por momentos creía que me había equivocado, que no podía ser aquélla la novela que nos había recomendado Leonor. Pero había tenido buen cuidado de apuntar bien el título y el nombre del autor, que ella había escrito en la pizarra.

Se trataba, sí, de una historia de amor. Y el protagonista, que también hacía de narrador, era un chico. Un chico que perdía la cabeza por una mujer casada, y que de paso se la hacía perder a ella. Uno siempre supone que estas historias se cuentan de forma romántica, blanda, cursi, o como se quiera decir. Además, el autor era tan joven que habría podido pensarse que el relato resultaría más o menos ingenuo. Pero en aquellas páginas no había nada de blandura y asomaba muy poco romanticismo. Era una historia feroz, el protagonista era un tipo sin escrúpulos y a veces sin piedad, y la pasión que unía a los dos amantes terminaba resultando destructiva.

Desde luego, lo que no podía negarse era que la historia te atrapaba y bien. Aunque el protagonista fuera un ser maligno, bastante egoísta y frecuentemente antipático, uno acababa poniéndose de su lado, te metías en su pellejo y terminabas sufriendo con él, sin pararte a pensar que casi siempre se había ganado de sobra todo lo que sufría. No esperéis que os cuente aquí la historia, porque no escribo este libro para fastidiarles los libros a otros. Si a alguno le interesa, no tiene más que buscarlo y leerlo. Lo que sí puedo decir es que dudo que al que lo haga la lectura le deje indiferente.

A mí, desde luego, no me dejó indiferente. Cuando lo cerré, después de acompañar al protagonista a la cima y a los infiernos de su pasión, sentí que no podía seguir viviendo como vivía hasta entonces. Sonaban una y otra vez en mi cerebro aquellas palabras de Leonor: «...el amor puede con todo, y no hay barreras de ninguna clase que puedan impedirle el paso». Por momentos creía encontrar en ellas una invitación que me estaba especialmente dirigida. Ya sabía que ella no se había fijado nunca en mí como yo en ella; ni había llegado a trastornarme la lectura hasta el extremo de imaginar lo contrario. Pero de pronto pensaba que todo aquello que hasta entonces había aceptado que resultaba imposible, todo aquello que me movía a no perseguir nada y a dejar pasar los días sin más, podía acaso no ser como yo creía.

Supongo que muchos, al leer aquel libro, se habrían fijado en otra cosa: por ejemplo, y principalmente, en lo mal que acababan los dos protagonistas. Y quizá yo hubiera debido también fijarme en eso. Pero lo que leí, por encima de todo, fue que cabía realizar un amor que parecía irrealizable.

El veneno ya estaba en mí. Ahora sólo era cuestión de tiempo.

13

El efecto de la primavera

Dicen que la primavera altera la sangre, y además yo estaba a punto de cumplir dieciséis años. A esa edad, como sabemos muy bien todos los que la hemos tenido y no hemos perdido la memoria, uno siente a veces impulsos que resultan difíciles de resistir. Así que puede que no fuera sólo el efecto de aquel libro, o que su lectura simplemente coincidiera con algo que tenía que suceder de todas formas. El hecho es que aquel mes de abril empecé a darme cuenta de que no podría quedarme siempre quieto, mirando.

Entre otras cosas, la primavera permite que la gente se despoje de las ropas de abrigo, y eso puede tener sus consecuencias cuando la que se despoja de esas ropas es una chica que te gusta. Durante el invierno, siempre me había cruzado a Vanessa envuelta en un grueso anorak azul que le llegaba hasta las rodillas. Por lo visto era bastante friolera y nunca se desprendía de él. Aquel anorak no la favorecía mucho, o más bien no la favorecía nada, pero a ella no parecía importarle lo más mínimo. Tuvo que volver el calor, más o menos a mediados de abril, para que prescindiera de llevarlo.

Cuando volví a verla sin aquel envoltorio, sentí que se reavivaba la atracción que ejercía sobre mí. Seguía yendo casi siempre de negro, pero de repente estaba más suelta, y era más visible la gracia con que se movía. Cuando me la cruzaba, al entrar o salir del instituto, o en el patio, me limitaba a saludarla como siempre, con un escueto «hola»; pero no podía evitar que en mi mente se abrieran paso ideas febriles e inquietantes.

También Leonor, con la llegada de la primavera, renovó su vestuario. Parece mentira hasta qué punto se vuelve uno vulnerable cuando está enamorado. Hasta entonces, me había importado bien poco cómo vestía la gente, y mucho menos las profesoras. Era el tipo de cosas en las que jamás me fijaba, a no ser que alguien se pusiera algo tan estrafalario o tan llamativo que no hubiera más remedio que fijarse. Pero ahora, si a Leonor le daba por estrenar blusa, aquello se convertía en el acontecimiento del día.

A medida que pasaba el tiempo, notaba que mi necesidad de pasar a la acción iba aumentando. Al fin, recurrí a quien siempre recurría para consultar las decisiones importantes. Porque estaba a punto de tomar una decisión. Carlos primero me escuchó y luego preguntó, cauteloso:

—¿Y qué decisión es esa que te estás planteando?

Suspiré profundamente y dije:

—Ir por una. O por las dos.

Carlos me observó con detenimiento, como si estuviera sopesando mis posibilidades de hacer en realidad lo que le anunciaba.

—Bueno —dijo—. Eso exige cierto arrojo. Sobre todo respecto de una.

A veces necesitamos que algunas cosas nos las digan otros. Por mucho que nosotros seamos capaces de pensarlas por nosotros mismos e incluso las hayamos pensado ya. Quizá por eso había querido sondear a Carlos.

—Lo de Leonor te parece una locura, ¿no? —deduje.

Carlos se encogió de hombros.

—No sé si es una locura o no. Lo que me pregunto es cómo lo vas a hacer. No vas a pedirle su teléfono, no vas a invitarla al cine, no vas a declararte a ella en mitad de la clase y pedirle que se case contigo.

—No, no parece que nada de eso ofrezca muchas posibilidades.

Mi amigo, pude intuirlo, temió entonces haber hablado de más.

—Vamos, yo tampoco soy quién para decirte...

—Tranquilo —dije—. Si tienes razón. Está bien soñar con ella, pero me temo que habrá que dejar pasar el tiempo, y lo más probable es que cuando pase el tiempo ya nada pueda ser. Pero a pesar de todo, me gustaría hacer algo. Algo que no me deje con esta sensación de que soy un cobarde.

—No eres un cobarde. Está muy chungo, cualquiera se rendiría.

Cualquiera no. El protagonista de *El diablo en el cuerpo* habría encontrado el modo de atacar. Pero tenía que ser realista. Yo no era así.

—En fin. Ya se me ocurrirá algo. Por lo pronto, me queda la otra opción.

—Vanessa.

—Ajá.

—También tiene su peligro —opinó—. Pero claro, no es igual.

—Con ella sí que he sido un poco cobarde, ¿no crees?

—Bueno, no es por desanimarte. Pero me parece que tienes algún motivo.

—¿Y eso?

—En fin, tío, yo diría que no eres su hombre ideal. Ni te mira.

—Vaya, veo que te fijas en todo.

—Hombre, pues cuando nos cruzamos con ella, sí.

—Mejor que sea así, difícil —dije—. Me atraen los retos difíciles.

—Querrás decir los retos suicidas.

Carlos no solía recurrir a aquella ironía demoledora. Me quejé:

—Hombre, muchas gracias. Ya veo que puedo contar contigo para recibir ánimos cuando me falten.

Se rió.

—Ya me conoces. A fin de cuentas, el experto en asaltos suicidas soy yo. ¿Te acuerdas de lo de Esmeralda?

Ah, Esmeralda, claro que me acordaba. Era la chica más guapa de todas las que le habían gustado a mi amigo. Y además tenía un encanto singular, no podía negarlo. Carlos la había estado observando durante semanas, hasta que un día, en la verbena del barrio, le pareció que se le ofrecía la ocasión. Esmeralda estaba con sus dos amigas. La orquesta había empezado a tocar canciones bailables, y las amigas de Esmeralda, como no venía nadie a sacarlas, salieron a la pista y formaron una pareja unisex. Ella se quedó allí, sola, mirándolas bailar. Fui yo el que le dije a Carlos que nunca iba a tener una oportunidad mejor. Se lo dije en broma, naturalmente, pero él se lo tomó en serio. Antes de que pudiera detenerle, se plantó delante de Esmeralda. Con el ruido, no pude oír la conversación que hubo entre ellos. Pero no me hizo falta oírla. De hecho, fue corta y ella no empleó palabra alguna. Miró a Carlos de arriba abajo, meneó la cabeza y le dio la espalda. Carlos, una vez recibido el mensaje, asintió con la cabeza, dio media vuelta y emprendió el regreso con el legítimo orgullo de haber batido el récord Guinness de velocidad en la obtención de calabazas. En su honor tengo que decir que encajó la humillación con dignidad, y que nunca odió a Esmeralda por ella.

—Pues la verdad es que me estás dando una idea —dije, después de evocar aquel glorioso e inolvidable episodio.

Carlos puso un gesto bastante escéptico.

—No lo dirás en serio. No acabo de saber cuál es la estrategia correcta con las mujeres, pero empiezo a tener una vaga idea de cuáles no son correctas. Y me temo que la *estrategia Esmeralda* es una de las peores de todas.

—Bueno, todo depende de cuáles sean tus aspiraciones.

—¿Y a qué aspiras tú?

Era una buena pregunta. Tuve que pensar antes de responder.

—Pues creo... Creo que quiero que pase algo. Sólo eso. Ha sido muy bonito hasta aquí. Me lo he pasado muy bien espiándolas desde el escondrijo. He comprendido muchas cosas que antes no comprendía, entre ellas, por qué mi mejor amigo se idiotiza cada cierto tiempo. Ahora que el idiotizado he sido yo, y por partida doble, he aprendido a valorar muchos aspectos de la vida que antes no tenían ningún significado para mí, o que significaban bastante menos. He aprendido a disfrutar como nunca de la música, de la poesía, de la soledad, de los paisajes nocturnos. Pero tío, tengo sangre en las venas, y lo que ahora me hace falta es un poco de caña.

—Pues si usas la *estrategia Esmeralda,* me temo que vas a tenerla. Y no estoy seguro de que vaya a gustarte. Te habla un escaldado.

—Y qué más da.

—¿Cómo que qué más da?

—Que sí, tío. Dime qué tengo que perder.

Aquella frase, queridos amigos, era una muestra de mi inconsciencia. Siempre, absolutamente siempre, se tiene algo que perder.

14

¡Banzai!

Hace cosa de unos cincuenta y tantos años hubo en Japón unos chiflados que se subían en aviones cargados de explosivos, despegaban y se iban a buscar un barco americano. Cuando lo encontraban, picaban con el avión hacia él y trataban de estamparse contra su cubierta. A veces lo conseguían, y a veces los destrozaban a cañonazos antes de que pudieran lograrlo. Aquellos pilotos se llamaban *kamikazes,* y cuentan que cuando veían el barco y se arrojaban sobre él, proferían siempre el mismo grito de guerra: *¡Banzai!* Es difícil asegurarlo, porque por razones evidentes ninguno podía dar testimonio de la experiencia, pero en fin, eso es lo que dicen.

Así, como un *kamikaze,* me sentía yo el mediodía que decidí esperar a Vanessa a la puerta del instituto. Y fue esa palabra, *¡banzai!,* la que murmuré para mí cuando la vi venir y, tomando aire, me dispuse a salirle al paso. Aquel conjuro no me sirvió para interceptarla con especial elegancia o naturalidad, pero al menos me ayudó a no tropezarme con nada. Vanessa venía sola, con sus sempiternos auriculares empotrados en las orejas. Al verme, como solía hacer, apartó la vista y dijo sin mucho énfasis:

—Hasta luego.

Como supuse que gritar no sería suficiente, le hice un gesto.

—Espera.

Vanessa se detuvo, un poco sorprendida. Y entonces sí, me observó. Yo hice mis mejores esfuerzos para sostener su mirada. Así volví a ver con detenimiento su rostro, por primera vez en mucho tiempo. Hacía meses que no hacía otra cosa que cruzarme fugazmente con ella. Volvieron a cautivarme sus ojos, y volví a sentir el poder magnético de sus *piercings.*

—¿Qué pasa? —preguntó, sacándose los auriculares.

No había demasiada calidez en su interrogación. Pero yo estaba preparado para eso y para situaciones mucho peores. No iba a arrugarme, ya que había llegado hasta allí. Carraspeé para aclararme la voz y dije:

—Nada. Sólo que quería darte una cosa.

—¿Y eso? ¿Por qué?

—Bueno, por nada.

Inesperadamente, sonrió.

—Vaya, es la primera vez que me regalan algo porque sí. ¿Y qué es?

—Una tontería. Tampoco creas que tiene ningún valor.

Saqué los folios. Los había doblado por la mitad, por una especie de pudor. Se los tendí y ella, después de dudar un segundo, se avino a cogerlos.

—¿Y esto para qué es? ¿Tengo que estudiármelo?

—No, sólo es para que lo leas.

Vanessa frunció la nariz.

—¿Y por qué tengo que leerlo?

Me encogí de hombros.

—No tienes que leerlo, si no quieres. Pero lo escribí para ti.

—¿Para mí? ¿Tú?

—Sí.

—Mira qué curioso —dijo, sinceramente asombrada.

Me retiré un paso atrás.

—En fin, no te interrumpo más.

Vanessa desdobló los folios y miró el primero. No quería seguir allí cuando empezase a leerlo. Me despedí:

—Hasta luego.

Distraída como estaba en la lectura, al principio no se dio cuenta de que me iba. Cuando lo hizo, me llamó:

—Eh.

—¿Sí?

—Oye, que muchas gracias, hombre. No sabía que fueras escritor.

—No lo soy —confesé.

—Pues entonces tiene más mérito. No sé por qué lo haces, pero gracias.

—Si lo lees, lo sabrás.

—Lo leeré, me pica la curiosidad. Eh, cuidado...

La advertencia llegó tarde. Por ir caminando hacia atrás, no me percaté de que en mi trayectoria se interponía una farola. El golpe sonó bastante fuerte oído desde dentro de mi cráneo, no puedo decir cómo se oyó desde fuera. Pero por la cara que puso Vanessa, debió de oírse de sobra.

—Uyyy, ¿te has hecho daño?

—No, no ha sido nada. Adiós —dije.

Y eché a andar, esta vez mirando al frente.

—Oye, que te miren ese golpe —la oí gritar a mi espalda.

Salvo por este accidentado colofón, al que procuré restarle importancia, me sentí razonablemente satisfecho de mi actuación como *kamikaze*. Por lo menos le había acertado al barco, aunque hundirlo era otro cantar. De hecho, si hundirlo, es decir, salirme con la mía, dependía de lo que había escrito en aquellos folios, tampoco podía confiar mucho en ello. En los primeros folios había una especie de enloquecida confesión de todo lo que Vanessa me inspiraba. Así, sin tapujos, en directo, en el más puro estilo de la *estrategia Esmeralda* patentada por mi amigo Carlos. En los últimos, le había copiado los que me parecían los mejores poemas entre todos los que le había escrito, lo que, la verdad, tampoco era decir mucho. Para levantar un poco el nivel había mezclado, en plan tramposo, alguna de las *Rimas* de Bécquer, cuya autoría me atribuía confiando en que Vanessa fuera, como decía, una mala estudiante y no las conociese. Desde que el amor me había transformado, había cambiado mi anterior indiferencia hacia Bécquer por una admiración rendida, casi equivalente a la que le tenía Carlos a Garcilaso de la Vega. Con Garcilaso, a pesar de todo, y salvo que oyera sus versos en boca de Leonor, yo seguía sin sintonizar mucho. Pero Bécquer era otra cosa. Parecía que le pusiera voz a mi corazón, cuando decía cosas como:

Y si aún muestras esquiva
alma de nieve,
si aún no me quisieras,
yo he de quererte.

No me atrevo a copiar aquí ninguno de mis versos. Os dejo imaginar lo que había en aquellos folios. Hoy, cuando me acuerdo, pienso que Vanessa, al leerlos, sólo podía llegar a la conclusión de que se había cruzado con alguien que necesitaba un asesor literario y atención psiquiátrica. Pero aquel día, mientras volvía a casa, me sentía muy orgulloso de mí mismo.

Ya contaba con que lo más probable era que ella leyera todo aquello y se riera, y en adelante tomara la precaución de esquivarme. Pero había tenido el coraje de decírselo, ya no era algo que guardaba para mí temerosamente, como si me avergonzase. Y quién sabía, a lo mejor...

—A lo mejor nada, tío —pronosticó Carlos, cuando se lo conté—. Si te acuerdas de la jeta de Esmeralda en la verbena, te servirá para imaginar la que te pondrá ésta la próxima vez que te vea. Bienvenido al club.

Carlos era un tipo intuitivo, pero esta vez le falló la intuición. Al día siguiente, estaba yo sentado en el patio, al solecito, pensando en las musarañas, cuando una escueta silueta proyectó su sombra sobre mí.

—Lo he leído —dijo Vanessa, sin preámbulos.

Me quedé de piedra. Por mucho que buscaba algo con que replicarle, no lo encontré. Pero más petrificado aún me quedé cuando la oí decir:

—Oye, ni siquiera sé cómo te llamas. Y me gustaría.

—Pa-pablo —musité.

—Y bien, Pablo. ¿No vas a invitarme a que salgamos por ahí alguna tarde?

15

Un sueño

Los que hayáis leído con un poco de atención lo que he contado hasta aquí, podréis imaginaros sin demasiado esfuerzo el estado de nervios en que me encontraba cuando aquella tarde apreté, en el panel de botones del portero automático del portal de Vanessa, la tecla que correspondía al 4ºA. Aquél era, según me había dicho ella misma, el piso en el que vivía.

—¿Sí? —la oí preguntar en el altavoz.

—Soy yo, Pablo —dije, inseguro.

—¿Pablo? ¿Qué Pablo?

Me dejó seco.

—Pu-pues, Pablo, yo, el de...

—Ya sé quién eres, tonto —se rió—. Espera, que bajo.

Después vinieron los que hasta la fecha han sido los cinco minutos más interminables de mi vida. Pero al fin apareció en el portal. Pantalones negros, ajustados, la camiseta blanca y la rebeca negra calada. Las inevitables plataformas eran nuevas. Y se había maquillado un pelín más que de costumbre, me había vuelto lo bastante observador como para advertirlo.

También yo había escogido unos pantalones nuevos, y la única camisa de marca que colgaba en mi guardarropa. Al menos en eso, estábamos empatados.

—Hola, eres muy puntual —me saludó.

—Bueno, no siempre.

—Pues gracias, hombre.

—Faltaría más.

—A ver. ¿Adónde vamos?

—¿Adónde quieres ir tú?

—Me dejo llevar.

No estaba preparado para tomar muchas iniciativas. Mi capacidad de hacerlo, frente a ella, se había agotado en el acto de entregarle aquellos folios demenciales. Pero no podía quedarme así, tenía que reaccionar.

—¿Al parque? —propuse.

—Bueno, es lo más barato —opinó.

—Oye, si prefieres otro sitio...

—No, bobo, el parque está bien. El *finde* pasado me gasté la paga y estoy a dos velas hasta mañana. Oye, no cazas muy bien las bromas tú, ¿eh?

Qué malvada era. Como para cazar bromas estaba yo. Bastante tenía con mantener la compostura. Si es que la estaba manteniendo.

Echamos a andar. Dejé que ella fuera eligiendo el camino y guardé en todo momento una distancia prudente, ni mucha ni poca. No podía creerme que estuviera caminando junto a ella. Al cabo de los años, ésa es la mejor sensación que guardo de Vanessa, y de algunas otras chicas que vinieron después. La sensación de estar caminando a su lado y de compartir el rumbo: de que ella va adonde tú vas, de que tú vas adonde va ella.

—Leí lo que escribiste —dijo, de improviso.

—¿Y? —consulté, tímidamente.

—No me gustó nada. He quedado contigo para decirte que me parece todo una mierda. Sobre todo los poemitas.

Dudé durante un segundo. Vanessa volvió a reírse.

—No te lo habrás tomado en serio, ¿eh?

—Pues no sabía muy bien si...

—Usa el coco, guapetón. Si me hubiera parecido eso, no estaría aquí, ¿no?

—Y yo qué sé —dije, encogiéndome de hombros.

Aquel humilde reconocimiento de mi incompetencia para entenderla pareció resultarle agradable. Al menos se intensificó su sonrisa.

—Es muy halagador leer algo así —dijo—. Pensar que te ven de ese modo.

—Bueno, es la verdad —le aseguré, sin poder evitar ruborizarme.

—Hombre, no te diré yo que todos los poemas me gustan —admitió—. Ni que entiendo muy bien todo lo que pones al principio. No sé, a veces me parece que estuvieras hablando de otra persona. Yo no soy así.

—En fin, quizá en algún momento... —comencé a disculparme.

—En algún momento te has pasado tres pueblos, tío. Y no quizá, sino seguro. Como por ejemplo en eso del alma negra.

—¿En qué? —pregunté, despistado.

—Sí, en eso del alma negra y helada.

Hice memoria y lo encontré. En este caso no era yo el que se había pasado, sino Bécquer, a quien le había tomado prestados los versos:

Es el alba una sombra
de tu sonrisa,
y un rayo de tus ojos
la luz del día;

pero tu alma
es la noche de invierno
negra y helada.

Me di cuenta de que era muy distinto leer aquello así sin más y leerlo pensando que se refería a ti. Visto así, a Vanessa no le faltaba razón.

—No te lo tomes al pie de la letra. Es... Bueno, como una metáfora.

Vanessa meneó la cabeza.

—No, si ya sé que es una metáfora —respondió—. Soy repetidora, no idiota. Pero menuda metáfora que has ido a escoger. ¿Así es como me ves?

Buena pregunta. ¿Cómo la veía, en realidad? ¿Cómo podía verla, si aquélla era la primera vez que mantenía con ella algo semejante a una conversación? No me parecía tan mala chica, aunque fuera un poco brusca.

—No, no te veo así.

—Entonces, ¿por qué me escribiste eso?

Tenía que mentir, y mentir deprisa.

—No sé, a veces, cuando uno está escribiendo, se le va...

—Ya. Se le va la mano. Y a veces también la olla, por lo que veo.

Debí de poner un gesto demasiado serio al oír aquella frase.

—No te enfades, tío, que es vacile. Jo, no se puede vacilar nada contigo.

—No, es que me sabe mal que pienses que en algún poema me metía contigo. Mi intención... En fin, mi intención era todo lo contrario.

Vanessa me miró con simpatía, o con piedad, o vete a saber con qué. Pero parecía un sentimiento esencialmente positivo. Menos mal.

—Ya lo sé —dijo—. Se nota.

—De todas formas —dije, tragando saliva—, espero que haya algo que te haya gustado. Algo que te haga pensar que merece la pena conservar esos folios.

—No, si alguno me gustó mucho. Como ese de los ojos que te arrastran.

Recordé, deprisa. ¿Y si fuera uno mío? Pero no, también en este caso, y mira que ahora me fastidiaba, el responsable era Bécquer:

Yo me siento arrastrado por tus ojos,
pero adónde me arrastran, no lo sé.

—De todas formas —aclaró—, no voy a poder conservarlo.

—¿Por?

—Los tiré, los folios —dijo, con su sonrisa más inocente.

—¿Los tiraste? —pregunté, desolado.

—Sí. Los leí, un par de veces. Y luego los tiré a la basura. ¿Para qué iba a guardarlos, después de haberlos leído?

Por un momento pensé que, una vez más, se burlaba de mí. Pero en seguida comprendí que no, que lo decía de veras, y traté de averiguar qué significado podía tener aquel acto. ¿Por qué suele uno tirar algo? Bueno, tampoco había que ser un lince... Pero entonces, ¿por qué me había...?

—No te lo tomes así, hombre —interrumpió mis atribuladas cavilaciones—. No quiero guardar poemas de amor en mi casa. Mi hermana lo fisga todo. No me apetece que los encuentre y tener que darle explicaciones.

¿Podía tranquilizarme con eso? No, ni con eso ni con nada.

Ya estábamos en las inmediaciones del parque de las Cruces. Vanessa se volvió a mí y me preguntó, con aire distraído:

—Qué zona prefieres. ¿La del estanque? ¿La parte alta?

—La que tú quieras.

—Jo, tío, cómo te cuesta tomar decisiones. Bueno, depende sobre qué.

¿Me había citado para divertirse a mi costa? En algunos momentos ésa era la única interpretación que podía dar a sus palabras y a su actitud.

—Al estanque, entonces —decidió ella—. Me gusta mirar el agua.

La seguí, más desconcertado que otra cosa. No sabía cómo tratarla, no sabía de qué hablar con ella. Todo lo que ocupaba mi pensamiento era que a aquellas alturas del día mi declaración, mis poemas y los poemas que le había robado a Bécquer reposaban revueltos con la porquería del vertedero de Valdemingómez. O quizá habían ardido ya en la incineradora.

—¿Llevas muchos años en el instituto? —preguntó.

—Desde primero de la ESO. Éste es el cuarto año que estoy allí.

—Para mí es el primer año. Y el último.

—¿No estás en tercero?

—Sí.

—Pues tienes que seguir al menos hasta cuarto, ¿no?

—Sip. Pero no seguiré aquí.

—¿Y eso?

—Estoy de paso. A mi padre lo trasladan el año que viene a Barcelona. Allí tendré que terminar. En catalán, creo. Si me apaño. Aunque tampoco me va a importar mucho, en castellano iba a suspender igual...

Tengo que reconocer que me dolió la frialdad con que dijo aquello, porque lo que en esa indiferencia venía sobreentendido era, y estaba claro, que no había nada en Madrid que la retuviera de forma especial.

Diez minutos después estábamos sentados delante del estanque. Ella, cómodamente echada hacia atrás, apoyada sobre los brazos. Yo, con las piernas cruzadas, pero un poco más derecho. La veía juguetear con el *piercing* del labio inferior, que movía desde dentro con la lengua. Me producía una mezcla de escalofrío y de atracción. Como la mirada intensa y profunda de sus ojos negros, o el fino arco de su intermitente sonrisa.

—A ver, dime algo de ti —soltó de pronto.

—¿Qué quieres saber?

Giró la cara hacia mí y, con un gesto pícaro, preguntó:

—¿Tienes novia?

—¿Tú qué crees?

Volvió la vista al frente y alzó la barbilla hacia el cielo.

—No sé —dijo—. Eres lo bastante mono como para tenerla. Pero escribes unas cosas muy raras, que yo creo que si tuvieras novia...

Era lo bastante *mono.* Vaya, y eso qué demonios quería decir.

—No tengo novia, no.

—¿Y cómo te gustaría que fuera, si la tuvieras?

Del desconcierto nace a veces el atrevimiento. Me lancé:

—Pues no sé. ¿Así como tú?

Vanessa dejó escapar una risita. Luego me clavó los ojos y dijo:

—¿Estás seguro de eso?

—No, seguro, no. Pero probaría.

Volvió a reírse, esta vez más fuerte.

—Qué rico eres... A ver, cuéntame otra cosa. ¿Qué quieres ser en la vida?

—Bueno, eso sí que es cambiar de tema.

—No, tonto. Tengo que saber si me convienes tú a mí. ¿Qué proyectos tienes para el futuro, a ver?

—Pues no lo tengo muy claro. Pero creo que me gustaría estudiar Historia.

—¿Y cómo es que te da por ahí?

—No sé, es lo que más me gusta. Eso y Lengua.

—Bah, me estás tomando el pelo.

—No.

—¿Y cuánto gana un historiador?

—No lo sé. Me imagino que depende de dónde trabaje.

Vanessa sacudió la cabeza.

—Pues no te veo muy orientado, perdona que te diga. No estoy muy segura de que seas un buen partido. Creo que no puedo cogerte de novio.

Ahora estaba claro como el agua. Estaba jugando conmigo como un gato con un pajarillo. Como una chica mala con un pobre pardillo despistado.

—Y a ti, ¿qué te gusta? —traté de contraatacar.

—¿A mí? Los idiomas. Inglés. Alemán. En todo lo demás apruebo raspando, cuando apruebo. Pero en inglés arraso. Y en alemán también.

—¿Estudias alemán?

—Sip. En una academia.

—¿Y eso?

—Mi padre es medio alemán. Quiere que lo aprenda. Y a mí me encanta. Es un idioma alucinante. Diferente.

—¿Y qué vas a hacerte? ¿Traductora simultánea o algo así?

—Nop. Yo paso de currar en plan esclavo.

—¿Ah, sí? ¿Y cómo te las vas a arreglar? ¿Vas a heredar o algo así?

Me pareció que era una pregunta ingeniosa, que

demostraba que yo era capaz de vacilarle, por lo menos, tanto como ella a mí. Pero su respuesta me puso otra vez en mi sitio. El del pardillo totalmente fuera de onda.

—Estudio idiomas porque quiero ser cantante de música *hard.* Si cantas en español tienes menos futuro que un heladero en el polo.

Lo había dicho completamente convencida. Quería ser eso, cantante de música *hard.* Ahora entendía por qué iba siempre con los auriculares.

—¿A ti qué música te gusta? —preguntó, a bocajarro.

—¿A mí?

—Sí, hombre, a ti.

Mira por dónde, a lo mejor allí tenía una oportunidad de impresionarla. O por lo menos de demostrarle que de algo tenía cierta idea.

—Pues no sé, un poco de todo. Portishead, Hooverphonic, Massive Attack —fui diciendo, buscando aposta grupos que parecieran a la vez modernos y poco comunes, pero vi que a Vanessa todo aquello le parecía demasiado flojo y pasé a los más contundentes—. Y el *heavy* de siempre, claro: Iron Maiden, Judas Priest, Kreator, Metallica... Y de los que hay aquí, bueno, desde luego Extremoduro, son los mejores...

Vanessa seguía escuchándome con rostro impasible.

—Pse —dijo al fin—. Bueno, para el precalentamiento, vale.

—No me digas que no te gusta Extremoduro.

—Bueno, para los días flojitos. Veo que lees demasiada poesía.

—¿Por?

—Digo yo que a lo mejor es la poesía. Lo que te vuelve un poco blando. Y por eso escuchas toda esa música para abuelitos.

¿Blando? ¿Me estaba llamando blando, a mí? Pero, ¿quién se había creído aquella renacuaja? ¿O acaso tenía razón? ¿Acaso todos aquellos meses sumido en el ensimismamiento romántico me habían convertido en un cursi? Pero no, ¿cómo podía alguien considerar blando a Extremoduro?

—¿Ah, sí? —me revolví—. ¿Y qué es lo que escuchas tú?

Vanessa me contempló, satisfecha.

—Bueno, *hard* auténtico.

—¿Por ejemplo?

—¿Conoces a Korn? —preguntó.

La primera en la frente.

—No.

—¿A Rammstein?

La segunda también.

—Tampoco.

—Pues eso es lo que yo escucho, por ejemplo. Los Korn son americanos, o sea, que si entiendes un poco el inglés puedes seguir las letras. Para seguir las de los Rammstein, sin embargo, tienes que saber alemán.

—No sé alemán —reconocí, ya puestos a declarar mi ignorancia.

—Bueno, entonces vas a perderte mucho. Pero siempre te queda la música. Si quieres puedo copiarte en un *cedé* una selección, para que te hagas una idea. ¿Tienes programa para leer mp3?

—Claro.

—Vale, pues te hago un *cedé*. Mañana te lo llevo, si me da tiempo esta noche. Lo pondré a grabar mientras chateo.

Eso quería decir que esperaba volver a verme mañana. Al fin, algún signo de esperanza. Sería que le divertía comerme la moral, y estaba dispuesta a prolongar el pasatiempo. Lo que dudaba es que a mí me mereciera la pena.

—¿Chateas mucho? —pregunté, por sacar conversación.

—Un rato, todas las noches. Mola, es entretenido. Haces amigos muy lejos. Y siempre encuentras a alguien para hablar de las cosas que te interesan. Hay un par de chats de música donde entra gente muy puesta. Te enteras de las novedades antes de que las saquen. Y a veces del sitio de donde puedes bajártelas antes de que lleguen a las tiendas de discos. Una pasada.

Oír hablar a Vanessa de las cosas que realmente la entusiasmaban me indicaba hasta qué punto yo no la entusiasmaba en absoluto. Pero entonces, ¿para qué me había pedido que la invitara a salir aquella tarde? El misterio me tenía verdaderamente intrigado. Y ella seguía hablando de esto y de lo otro, como si estuviera con alguien normal, y no con el loco que le había entregado una absurda declaración en prosa y verso de diez folios.

La tarde caía sobre el parque de las Cruces. Mientras hablaba de sus asuntos, Vanessa parecía de lo más relajada. Yo, por el contrario, cada vez sabía menos qué pintaba allí. Y a pesar de todo, no quería irme. Estaba con ella, y algo me decía que nunca más iba a darse aquella situación. Mientras Vanessa me contaba las peculiares ideas que tenía sobre casi todo, yo la observaba y trataba de grabar en mi memoria aquellos instantes que temía que iban a ser los únicos que iba a compartir con ella. Viéndola así, de cerca, me daba cuenta de lo mucho que me gustaba. Dijera lo que dijera, y aunque se riera de mí de todas las formas posibles, no iba a dejar de gustarme. Me iba incluso aquel lado un poco bestia e incontrolado que tenía de vez en cuando; incluso esa especie de perversidad con que me atormentaba.

Al fin, a eso de las nueve, miró su reloj y dijo:

—Tengo que volver a casa. ¿Te vienes?

Sabía que no iba a negarme. La acompañé de vuelta hasta su bloque, mientras ella no dejaba de charlar. Ahora me recomendaba canciones de aquellos Korn y aquellos Rammstein a los que yo no conocía.

—Tienes que escuchar *Freak On A Leash*, por ejemplo. Es una de las mejores de los Korn. Y de Rammstein, pues no sé, cualquiera. *Herzeleid.*

Ahora sé escribirlo, pero entonces me sonaba a chino.

—¿Gerqué?

—*Herzeleid.* Significa *dolor de corazón.* Es una gozada.

No puedo ocultarlo, me tenía sorbido el seso. Me costaba distinguir cuándo hablaba de veras y cuándo me estaba tomando el pelo. Si es que había hecho algo más que tomarme el pelo desde que había ido a buscarla. Pese a todo, me parecía un sueño volver con ella del parque, mientras la noche caía sobre la ciudad. Pasara lo que pasara, pensé que siempre me iba a acordar de aquél como uno de los momentos que merecía la pena haber vivido. Y ahora que puedo hablar con perspectiva, no iba nada descaminado.

Al fin llegamos ante su portal. El sueño, qué remedio, tocaba a su fin. No sabía cómo iba a despedirme de ella. Si me iba sin más, podía considerarme demasiado tímido. Pero nada me sugería que pudiera intentar algo sin arriesgarme a recibir un tortazo. Por fortuna, fue ella la que resolvió la situación. Como siempre, saliendo por donde menos me lo esperaba.

—¿Tienes mucha prisa o puedes esperar aquí cinco minutos? —preguntó.

—Puedo esperar —contesté—. Cinco y diez, si hace falta.

—Sólo cinco. Espérame aquí. Ahora bajo.

Abrió el portal y subió corriendo el tramo de escaleras que conducía al ascensor. En seguida desapareció dentro de él.

No esperé cinco minutos, sino siete y medio. Los conté, temiendo que aquélla fuera la astuta estrategia que Vanessa había ingeniado para desembarazarse de mí sin tener que despedirse. Pero no. Volvió a bajar.

Traía en la mano un *cedé.* Me lo tendió.

—Toma. Para ti. Yo me puedo grabar otro.

Leí lo que había escrito con rotulador sobre la superficie dorada del *cedé:* «KORN/RAMMSTEIN». No podía negarse que era un detalle.

—Muchas gracias —dije.

—Bueno, de alguna forma tenía que corresponder a tu regalo.

—Ah, esto es por mi regalo. Entonces, para corresponderte yo, supongo que debo oírlo y después tirarlo a la basura.

—Qué susceptible. No te pongas así, hombre.

—De acuerdo. Trataré de encajar el golpe.

—Además, en cuanto lo oigas, no vas a querer tirarlo.

—No lo tiraría nunca.

Vanessa, por primera vez en toda la tarde, bajó los ojos.

—Quiero que sepas una cosa —dijo—. Me pareces un chico majo, y me caes bien y todo eso. Pero no debes esperar nada de mí.

—No esperaba nada, ya.

—Ha sido muy bonito que me escribieras todo eso, y que me lo dieras. De verdad que me voy a acordar siempre. Pero no quiero rollos, y menos aquí.

El año que viene me voy a vivir a seiscientos kilómetros.

—Y además no soy tu tipo.

—Y además no eres mi tipo —asintió—. Pero me alegro de conocerte, y no quería que te quedaras creyendo que tengo el alma negra.

Por una vez, había una dulzura enorme en sus ojos.

—Gracias, Vanessa.

Antes de irse, me dio un leve beso en la mejilla. La bolita de plata de su *piercing,* nunca lo olvidaré, estaba un poco más fría que su piel. Y así, el mismo día que había empezado, acabó aquella bella historia entre ella y yo.

16

Muerte de un poeta

Cuando le conté a Carlos aquella tarde con Vanessa, tuvo la elegancia de no salirme con aquello de «ya te dije». Por reacciones así es como se distingue a los amigos verdaderos de aquellos otros de los que uno debe apartarse. Lo que hizo fue ofrecerme su dilatada experiencia como pretendiente rechazado. Tenía hecho el recuento de las veces que una chica le había dicho que no:

—Veintidós, hasta la fecha. Y subiendo.

La verdad es que me lo tomé con cierta tristeza, no voy a tratar aquí de engañar a nadie, pero con bastante deportividad. Siempre que volví a ver a Vanessa en el instituto, la saludé educadamente, sin intentar nunca robarle mucho tiempo. Sólo una vez la paré para decirle que el *cedé* que me había regalado me gustaba mucho. Y no le mentía. Al principio me costó algo hacerme al ritmo un poco siniestro de los Rammstein, pero luego, con la costumbre, o sería que me la recordaban, me acabaron enganchando. Los Korn me gustaron desde el principio. Sobre todo la canción que ella me había recomendado, *Freak On A Leash*, con aquella frase espeluznante:

Something takes a part of me.
Something lost and never seen.

«Algo se lleva parte de mí. / Algo perdido y nunca visto.» Desde luego, resultaba de lo más apropiado para definir mi sensación ante Vanessa. En fin, todo lo que me atreví a decirle fue que me gustaba aquella música.

—Me alegro —dijo ella. Amable, pero sin darme la menor esperanza.

Resultaba gracioso que después de mi fracasado intento con ella me tratara con la cortesía que antes nunca me había mostrado. Eso que había ganado, podía pensar. Aunque a cambio había perdido no sólo la posibilidad de soñar con aquella chica, sino también la poca autoestima que me quedaba.

El curso tocaba a su fin. Cuando acabara, no volvería a ver a Vanessa. Y quizá tampoco volviera a ver a Leonor. No tenía plaza en el instituto, estaba allí como interina, y no sabía si seguiría al año siguiente. Ese pensamiento me llevó a hacer algo de lo que jamás me habría creído capaz.

Al final de una de las últimas clases, me acerqué a su mesa.

—Leonor —le dije—, quería pedirte consejo sobre algo.

Ella dejó de ordenar sus papeles y me dedicó su gesto más atento.

—¿Sí? ¿Sobre qué?

—Pues, verás —sabía que iba a ponerme colorado, pero eso no evitó que me enfureciese conmigo mismo—. Resulta que... Escribo alguna cosilla.

—¿Ah, sí? ¿Qué cosilla?

—Bueno. Poemas.

Leonor abrió mucho los ojos y luego sonrió complacida.

—Poemas. Qué bien. No sabía que tuviéramos un poeta por aquí.

—No llevo demasiado tiempo. Creo que tengo mucho que mejorar.

—Claro, siempre puede mejorarse. Incluso los maestros mejoran.

—El caso es que... Si pudieras echarles un vistazo y decirme...

—Ah, ¿me los has traído? Claro que sí. Encantada.

Le puse en las manos la carpeta que llevaba. Dentro había unos treinta o cuarenta poemas. Todos los que había escrito pensando en ella. Lo que Leonor iba a leer, creyendo que sólo se trataba de los ejercicios de un poeta que le pedía consejo técnico, eran los versos que ella había inspirado.

Cuando salí a la calle, después de haber dejado todas aquellas páginas en manos de quien al fin y al cabo era su dueña, sentí una especie de liberación. No pasaba de ser un gesto inútil, y un poco cobarde, hacerle leer los versos sin atreverme a quitarme la careta. Pero aunque fuera así, ella iba a leerlos. Los sentimientos que contenían llegarían en cierto modo a su destino.

Leonor no me dio su opinión en seguida. Fue después de la última clase, cuando ya estábamos de exámenes. Me la crucé en el pasillo y me dijo:

—¿Tienes un momento, Pablo?

Me propuso ir a comentar los poemas a la cafetería. Encontramos una mesa libre, y tengo que reconocer que estar allí, sentado con ella, los dos solos, me hizo crearme la ilusión de lo que sabía que no podía ser. Pero la ilusión duró poco. Exactamente hasta que ella sacó la carpeta, la abrió y aparecieron los folios en los que estaban escritos mis poemas. Sobre mis líneas trazadas a bolígrafo se veía un montón de anotaciones a lápiz. Sí, eran correcciones. Las que Leonor había hecho sobre mis versos, devolviéndome a la triste realidad, que ella era la profesora y yo el alumno, solamente.

Leonor se extendió sobre todos los detalles técnicos. Que si las rimas, que si los acentos, que si el ritmo estaba conseguido o no. Que si era conveniente que me ajustara a algún metro clásico, para ejercitarme, antes de pasar al verso libre. La verdad, mientras ella hablaba de todos esos asuntos, yo estaba en otro sitio, aunque me constaba que lo hacía con su mejor voluntad, con ánimo de ayudarme a dejar de ser un poeta lamentable.

Del contenido de los poemas, no me dijo nada en absoluto. Me di cuenta de que para ella eso era secundario. Mis poemas hablaban de amor como podían haber hablado de la mar y de los peces. Ella no veía nada más que sílabas, encabalgamientos, asonancias, aliteraciones.

Terminado su análisis, Leonor me dijo:

—Tienes aptitudes, Pablo. Eres uno de los mejores alumnos que he tenido nunca. Pero para escribir buena poesía tendrás que trabajar mucho.

En fin, ¿qué esperaba, que cayera rendida a mis pies?

En cualquier caso, aquella conversación fue definitiva para mi carrera como poeta. Al llegar a casa hice pedazos aquellos folios, y desde entonces no he vuelto a escribir un solo verso. Eso que ha ganado la poesía.

17

Un sorbito de infierno

Después de mi frustrante entrevista con Leonor y de su despiadado veredicto sobre mis dotes poéticas, entré en una fase bastante negativa. Quizá era comprensible, aunque estoy muy lejos de enorgullecerme de ello.

Aquel año saqué muy buenas notas, y debería haberme alegrado, porque había estado bastante disperso y había corrido el riesgo de que bajara mi rendimiento académico de forma significativa. Pero recogí mis calificaciones sin la menor satisfacción, porque eran otras las metas que me hubiera gustado alcanzar. Así sucede, a veces, que uno consigue las cosas cuando necesita otras. Ya lo dice el refrán: Dios da pan a quien no tiene dientes.

Con aquel talante, más bien destructivo, acudí a la fiesta de fin de curso. Habría sido mucho mejor que me quedara en casa. Pero Carlos, para variar, le tenía echado el ojo a una y, como la esperanza es lo último que se pierde (hasta que se pierde, añado yo), se empeñó en que fuéramos por si se le presentaba allí una coyuntura propicia a alguna maniobra de acercamiento. En fin, a un amigo no se le deja solo nunca, y menos cuando está a punto de pegarse una costalada. Hay que ir con él, para recogerlo del suelo y ayudarle a lamerse las heridas. Así que allí me planté, en la fiesta de fin de curso, que malditas las ganas que tenía yo de celebraciones ni de festejos.

No voy a contar todo lo que hubo en la fiesta, sino sólo lo que toca a la historia. En cuanto a Carlos, como era de esperar, llegó, vio y se la dio, y yo, como buen amigo, le presté el apoyo oportuno. Estaba con él, un poco apartado, cuando reparé en una pareja que bailaba no lejos de allí. Al principio no la reconocí bien. Pero en cuanto me fijé mejor, no me cupo duda. Era Vanessa, y estaba con uno de segundo de Bachillerato. Un tipo que le sacaba treinta centímetros, como poco. También a él lo reconocí. Era Gustavo, la estrella del instituto. Un tipo abominable, cinturón negro de no sé cuántas artes marciales y a la vez cosechador de sobresalientes en todas las asignaturas. Parecía que con él no era problema el tener que irse a vivir a 600 kilómetros el año que viene. En fin, qué le iba a hacer. Vanessa no se había portado mal conmigo, aparte de darme calabazas, y para poder escarmentar a Gustavo habría necesitado la ayuda de los antidisturbios. Así que deduje que más valía tomárselo con buen humor. Le dije a Carlos:

—Bueno, tío. ¿Nos cortamos las venas o nos las dejamos crecer?

—Yo creo que podemos buscar un trago de agua de fuego —propuso.

Dicho y hecho. Ése fue el segundo error de la noche. Uno no debe beber nunca cuando está mal (y bueno, si no se tiene edad, tampoco cuando se está bien, que no quiero que nadie me diga que invito al vicio). El hecho es que llevar en el estómago más alcohol de la cuenta no me ayudó nada cuando me tropecé con la segunda sorpresa desagradable de la noche.

No sé por qué me hirió tanto ver a Leonor en brazos de Higinio, el profesor de Educación Física. No diré que sintiera por ella más que por Vanessa. Por cada una sentía algo distinto, pero las dos me habían dado igual de fuerte. Quizá fuera el verla a ella después de ver a la otra. Quizá fuera que me sentía especialmente dolido por su juicio sobre mis poemas.

Sí es cierto que Higinio me caía como una patada en la boca. Siempre fardando de las flexiones que hacía o lo alto que saltaba, siempre poniéndonos en ridículo a los chicos y tonteando con las chicas (o bueno, con algunas). ¿Cómo Leonor, mi Leonor, la que me había enseñado a sentir el alma y la vibración de la poesía, podía estar bailando con semejante capullo?

Aquella noche conocí, como no lo había conocido hasta entonces, el lado infernal del amor. Me sentía como la última mierda, como un imbécil fracasado, como el pobre desgraciado que veía desde fuera cómo se divertían los demás. Y la verdad, me resultaba insoportable, además de injusto.

Luego he aprendido a tomarme las cosas menos a la tremenda, porque en la vida unas veces se gana y otras se pierde y cada minuto que uno pasa quemado por algo es un minuto que desperdicia. Pero aquella noche afloró lo más impresentable de mí. Y estalló, como nunca había estallado.

Lo que hice aquella noche no lo cuento como una proeza. Sé que estuvo mal, que no lo debería haber hecho, y creo que no volvería a hacerlo. Pero lo hice. Y no es muy agradable de describir. Digamos sólo que lo que aquella noche Higinio tuvo que limpiar del parabrisas de su coche había estado antes en mi estómago. Supongo que no hace falta dar más detalles.

18

Los amores lunáticos

Todo pasa y todo queda, dijo el poeta. Higinio limpió el parabrisas de su coche, y yo, poco a poco, fui encajando el disgusto. Vinieron las vacaciones, y aunque por un lado me apenaba dejar de verlas, por otro me di cuenta de que era lo mejor para mí. Aproveché el tiempo libre para leer mucho, que siempre ayuda distraerse con las historias de otros cuando la tuya no resulta muy alentadora, y también me fui con Carlos a machacarnos corriendo, con la bici, en el frontón. La raqueta me venía de maravilla. Cada zambombazo que le pegaba con ella a la pelota era un poco de mala sangre que echaba y dejaba de pudrirme dentro. Otros días nos íbamos los dos a la piscina, y allí... Pero ésa es otra historia, y no quiero desviarme de la mía.

Mi historia es ésta, la de aquellos dos primeros, turbulentos y desdichados amores que me acompañaron entre los quince y los dieciséis años.

La historia continuó todavía aquel verano. De otro modo. Sin ellas.

Lo explicaré. Tan pronto como asimilé el fracaso y pude tomármelo con alguna serenidad, recobré uno de mis ritos. Volví a subirme al tejado del edificio, por la noche, para mirar Madrid recordándolas. Volví a llevarme mi música, y llevé también la música que Vanessa me había regalado. Fue, aunque a alguno le asombre, una gran idea. Porque la música tiene el poder de apresar y devolvernos lo mejor de los recuerdos.

Cuando estaba allí, en el tejado, oyendo a la cantante de Massive Attack susurrar las suaves notas de *Sly,* o al de Korn entonando *Freak On A Leash*, me acordaba de Vanessa y de Leonor. Y de pronto, todo era bueno. Hace muchos siglos, un filósofo que se llamaba Heráclito escribió que no es mejor poder conseguir siempre lo que deseas. Hay cosas que a uno le sirven más sin tenerlas, y eso fue lo que yo aprendí en aquel tejado, aun sin acabar de comprenderlo: que no debía lamentarme por haberlas conocido y haberme enamorado de ellas, aunque no me hubiera comido una rosca.

En aquellas noches solitarias de verano, tumbado sobre el tejado, no tenía a nadie más que la luna para contarle mis penas y pedirle respuestas a mis preguntas. Y la luna me escuchaba, quieta; incluso llegué a sentir, aunque alguno piense que me falta un tornillo, que ella estaba de mi lado. Allá arriba, entre las nubes que su luz teñía de gris, y tras las que a veces se ocultaba, yo percibía la presencia de alguien. Alguien que me observaba, que se apiadaba de mis contratiempos y deseaba que encontrase un poco de paz.

Ahora bien, las cosas como son. Yo le preguntaba, sí, y ella me oía, creo. Pero lo cierto es que la luna nunca quiso o nunca pudo decirme nada.

Así fue, contándoselo a la luna, como logré que se me pasara el dolor. Aunque se viera obligada a guardar silencio, sentía que ella entendía todo lo que yo no podía entender. Que ella sabía para qué había vivido aquella historia absurda: por qué mi corazón se había encadenado a dos amores imposibles, y por qué después de comprobar que no había nada que hacer los seguía alimentando. Al fin y al cabo, dicen que la luna es la que rige los actos de aquellos que no se comportan con arreglo a la razón. Tal vez por eso les ofrece luego su consuelo, aunque no les pueda dar explicaciones.

Una noche decidí, al fin, que no volvería a subir al tejado, y que todo lo que había vivido estaba bien, pero llegaba el momento de pasar a otro capítulo y de guardar aquél en los cajones de la memoria. Por encima de las luces de la ciudad resplandecía, henchida y luminosa, la luna de agosto. Era un lujo mirar Madrid desde allí, con la música golpeando fuerte en los oídos. Sonaban los Maiden: *Hallowed Be Thy Name.* Empujado por aquella música, y por la emoción de lo que sabía que era una despedida, improvisé sin papel y sin bolígrafo una especie de poema, el último y definitivo:

—Bendito sea tu nombre. Bendito el tuyo, Vanessa. Bendito el tuyo, Leonor. Aunque nuestros caminos no vuelvan a cruzarse, aunque nada me dejarais conquistar en vosotras. Benditos sean los latidos que por vosotras dio mi corazón. Y bendita tú, luna, por estar ahí arriba y ser mi testigo.

Desde entonces, el recuerdo de las dos quedó anudado a la imagen de la luna. Y desde entonces son, y serán siempre, mis amores lunáticos.

19

Otra definición de lo que es un amigo

Desde aquella noche han pasado más de tres años. El curso siguiente Vanessa ya no estaba en el instituto. Leonor sí. Pudo retener aquella plaza y siguió dándonos clase hasta que Carlos y yo terminamos el Bachillerato.

Fue muy diferente, por tanto, la manera en la que recordé, en adelante, mi pasión por una y por otra. En cuanto a Vanessa, tuve que hacerlo en su ausencia, y así pude comprobar hasta qué punto el amor, cuando la amada nos falta, es capaz de impregnar las cosas más insospechadas. Naturalmente me entraba nostalgia de Vanessa cuando cogía el *cedé* que me había regalado y miraba aquellas palabras, «KORN/ RAMMSTEIN», escritas en su rebelde y apresurada letra de molde. Pero también se quedó enredada en otros muchos lugares. Se quedó en la farmacia donde la conocí. Se quedó en el estanque del parque de las Cruces, frente al que había pasado la mayor parte de mi única tarde con ella. Se quedó en el portal donde ya no vivía, y en aquel botón del 4ºA del portero automático, que alguna vez, lo confieso, me acerqué a acariciar. Se quedó en el autobús que cogía, en la que había sido su clase, y hasta en el chulo de Gustavo y en aquel asqueroso pelopincho de quien la había visto despedirse delante de su bloque, a los que seguí tropezándome por el barrio y que con el paso del tiempo casi llegaron a inspirarme simpatía, porque también ellos formaban parte de mi recuerdo.

Me la he seguido encontrando, en fin, en muchísimas cosas, en tantas que parece mentira que fuera tan fugaz y escasa mi relación con ella. Quizá es que la huella que te deja alguien no depende del tiempo, sino de la intensidad. Todavía hoy me la encuentro cada vez que abro mi libro de alemán e intento aprender esa lengua que ella me dijo que adoraba.

Por lo que se refiere a Leonor, creo que me vino bien seguir viéndola. A veces me daba algún bajoncillo, pero continuar con alguna relación, aunque fuera académica, impedía al menos la sensación de pérdida que tenía con Vanessa. Ella siguió considerándome uno de sus mejores alumnos, y como nunca cometí el error de volver a escribir un poema ni de enseñárselo, no di pie a ninguna otra escena decepcionante como la que había vivido en la cafetería del instituto. Lo que a partir de entonces tanto Carlos como yo nos aficionamos a escribir fueron relatos breves, donde poníamos algunas de las historias que antes solíamos inventarnos y compartir durante nuestras tardes de rodar por el barrio. No debíamos de hacerlo del todo mal, porque entre él y yo nos llevamos, durante dos años consecutivos, todos los premios en el concurso literario del instituto. Las calurosas felicitaciones que recibimos de Leonor por nuestros relatos, en la entrega de los premios, me compensaron un poco de la frialdad con que ella había juzgado mis versos.

Pero el tiempo avanzaba, y la vida nos iba llamando a otras cuestiones. Acabó llegando el día en que debíamos dejar el instituto y despedirnos de todo lo que habíamos vivido allí para afrontar la universidad, que era lo que tanto Carlos como yo habíamos elegido. Después de darle muchas vueltas, él se inclinó por hacer Informática y yo, para gran disgusto de mis padres, por Filosofía. Todo el mundo me lo desaconsejaba, cuando no se reía de mí y me auguraba el paro perpetuo y que iba a morirme de hambre. Pero decidí que me iba a dedicar a eso porque eso era lo que me gustaba. De todas las asignaturas que había tenido en el instituto, ninguna me había parecido tan interesante. Como ya vi que nadie me entendía, acabé por inventarme una respuesta tipo para justificar ante cualquiera mi decisión:

—Alguien tiene que seguir pensando en la esencia de las cosas, mientras los demás os dedicáis sólo a pensar en ganar dinero.

Ahora que afronto mi segundo curso en la universidad, me doy cuenta de que era bastante ingenuo al creer que aquí estaba la esencia de las cosas. Pero bueno, eso es otra historia. En todas partes cuecen habas.

Hubo alguien que sí me animó. Y sus ánimos me sirvieron de mucho.

—Haces bien, si te gusta —me dijo Leonor—. Vales, y vas a esforzarte. Eso no quiere decir que vayas a triunfar, pero seguro que no fracasas.

Volví a verla una vez más, a Leonor, después de abandonar el instituto. Fue en una reunión de antiguos alumnos que hubo algunos meses después. Al salir coincidimos con ella. Se interesó, muy amable, por cómo nos iba a todos en la universidad. Cada uno le fue diciendo, y después de que yo le explicase, ella me preguntó por Carlos y por qué no había acudido a la reunión. Le dije que andaba muy ocupado, dejándole imaginar que era por los estudios. En realidad, lo que le tenía absorbido era la novia que acababa de echarse. Después de haber sido el más catastrófico conquistador que vieron los siglos, mi amigo se había convertido en un ligón terrible. Era la tercera novia que le conocía en poco más de un año. Un fenómeno.

Leonor, después de hablar conmigo, se volvió hacia un grupo de chicas que estaban con otra profesora. Disimuladamente, pegué un poco la oreja y entonces escuché que hablaban de él, de mi amigo Carlos. Quise saber qué decían: supongo que cualquiera en mi lugar habría hecho lo mismo.

En cierto momento, oí a Leonor comentar:

—Es un chaval que tiene algo. Bueno, si fuera un poco mayor... Oye, y aunque no sea mayor... Para qué vamos a andarnos con remilgos.

A eso sucedió un coro de carcajadas femeninas. Y en el fondo de mi pecho sentí brotar, renovado como si no hubiera transcurrido ni un segundo, aquel amargo dolor que había sufrido al quererla sin esperanza, y que ya creía olvidado y cicatrizado gracias al paso del tiempo. Pero lo más duro era que el dolor viniera, ahora, mezclado con celos hacia Carlos.

El impacto me duró bastantes días, y los oscuros sentimientos que a raíz de aquel comentario experimenté hacia mi amigo del alma fueron lo peor de todo. Al final, comprendí que no sólo tenía que sacudirme esos sentimientos de encima, sino que tenía que aceptar la realidad y darle otra vuelta de tuerca a mi resignación. Sí, saber que lo que para mí era imposible podía no serlo para Carlos, me quitaba el argumento mágico al que siempre había recurrido para renunciar a Leonor: los años que me sacaba. Y era más difícil resignarse así, pero iba a tener que resignarme igual, lo quisiera o no. Así que decidí resolver el asunto de la forma más expeditiva.

El sábado siguiente, por la mañana, como todos los sábados, Carlos y yo salimos a correr un rato por el parque de las Cruces. Hicimos el recorrido habitual, al ritmo de siempre. Pero yo iba mirando el paisaje de un modo distinto que los otros días. Veía, en cada rincón, todo lo que allí habíamos vivido juntos, porque notaba que aquél era un momento crucial en nuestra amistad. Después del *sprint* final con el que nos castigábamos y de una sesión de estiramientos, nos tumbamos en el césped. No hacía mal día; el sol brillaba en lo alto y no hacía demasiado frío ni demasiado calor.

Entonces, sin retrasarlo más, se lo conté. Tal y como había sucedido. Todas y cada una de las palabras que Leonor había dicho de él. Sin omitirle nada. Ni siquiera lo que había pasado por mi cabeza al escucharlas.

—Vaya, lo siento, tío —dijo, tras un silencio.

—No tienes que sentirlo —dije yo—. Me alegro por ti. Y yo ya soy mayor de edad. Tengo que aprender a superar mis traumas de la infancia.

Carlos me observó, con sus ojos miopes.

—De verdad, preferiría que no le hubieras oído decir eso.

—Pero lo oí. Y no pasa nada. Así he podido contártelo. Así tú puedes saberlo. Por si te sirve. Es bueno poder contarle algo así a un amigo.

—No. Tienes todo el derecho a estar envenenado.

—Y estoy envenenado, imbécil. Pero me alegro por ti, de veras.

Mi amigo quedó pensativo.

¿Sabes? —volvió a hablar—. Hay algo que no te he contado nunca. Y no sé si éste es el mejor momento, pero si no lo hago ahora, no sé cuándo voy a decírtelo. Y creo que debes saberlo.

—Bueno, dispara —bromeé—. Ya estoy acostumbrado a recibir.

—No es un disparo. Sólo una confesión. A mí también me gustaba Leonor.

Me quedé atónito.

—Anda, ¿y por qué no me lo dijiste?

—Iba a hacerlo, cuando me lo dijiste tú. Y entonces decidí que debía darte la prioridad. Uno no debe meterse jamás entre un amigo y su chica.

—Pero...

Entonces me acordé de aquella tarde, en el parque, cuando le hablé de mi amor por Leonor. Me acordé de que antes de hacerlo él me había dicho que me iba a contar algo que no me contó luego. Y me acordé de su gesto serio cuando yo le hice la revelación. Y entendí, al fin, qué era lo que aquel gesto significaba. Durante tres largos años, Carlos me había estado escuchando hablar de ella, y me había reconocido el derecho a ostentarla como mi amada ante él, mientras reprimía sus sentimientos. No andaba equivocado cuando había pensado que aquél iba a ser un día importante en nuestra amistad. Aquella mañana supe que íbamos a ser amigos por encima de todo lo que pudiera depararnos la vida. Y se me ponía la carne de gallina al pensar en la suerte que había tenido al cruzarme con aquel estúpido enamoradizo y miope capaz de guardar semejante secreto en el fondo de su alma.

—Bueno, tío —dije, después de tomar aire—. Ahora ya lo sabes. Y ya sabes dónde está ella. Tú mismo. Yo no voy a hacerte el trabajo.

Carlos sonrió.

—Vamos, hombre, ni que estuviera loco —protestó.

—¿Por qué? Le gustas, tío.

—Lo diría de coña. Sin pensarlo bien.

—No parecía de coña.

—Ya tengo novia, además —recordó.

—No irás a decirme que vas a casarte con ella.

—Pues supongo que no.

—¿Entonces?

Carlos miró al cielo. Inspiró profundamente y dijo:

—Pues no sé. Creo que todo sucede por algo. Por algo hablaste tú primero de Leonor. Así que es tuya, o de nadie. Desde luego, mía no.

Desde aquel día, tengo otra definición de lo que es un amigo. Amigo es quien nunca se permitiría quitarte nada. Aunque ni siquiera puedas tenerlo.

20

Llamadme Sly

Hacia dónde sigue este libro? Puede que a estas alturas alguien se haga esa pregunta. ¿No está ya todo contado? La historia de un sujeto que se enamora de dos chicas, no consigue a ninguna, suspira durante un tiempo por ellas y luego se queda sólo con su recuerdo. A algunos les parecerá una historia bastante lamentable, y su protagonista una calamidad. Un pobre tipo que lo lleva claro, y que si hay que creer el refrán, debe ser de lo más afortunado en el juego, visto cómo le luce en cuestión de amores.

Bien. En primer lugar, a los que hayan sacado esa impresión, debo darles una información complementaria. En estos tres años hubo otras chicas, y algunas me hicieron caso. No sólo Carlos mejoró sus técnicas, desde la primitiva e insuficiente *estrategia Esmeralda*. También el que suscribe, modestamente, aprendió algo, aunque siempre le quede, cuando se enfrenta a alguien del sexo opuesto, un resto de asombro y hasta de sano terror. Por suerte. Los que pierden el terror, los que se relajan y creen haber comprendido a las mujeres, acaban a menudo pagándolo bastante caro.

Podría contar algunos ejemplos que al menos a mí me resultaron muy instructivos.

Y en segundo lugar, no, queridos amigos: la historia todavía no ha terminado. Le queda un último capítulo, que apuesto que va a resultar de lo más inesperado y sorprendente. Pero es verídico, como los demás.

Aparte de la música de Korn y de Rammstein, y aparte del alemán, hubo algo a lo que me aficioné por culpa de Vanessa. Algo que hasta entonces apenas había probado, y que en estos tres años, con los altibajos que me imponen mis obligaciones, no he dejado de practicar: chatear por Internet. La verdad es que muchas veces sólo es una forma de perder el tiempo, a la que recurro cuando no me apetece hacer nada. Pero también me ha servido, como decía Vanessa, para conocer (digámoslo así) a alguna gente interesante. Por otra parte, he descubierto que resulta muy útil para ejercitarse con los idiomas y para estar informado de las cosas más variopintas. Localicé alguno de esos chats de música de los que ella me había hablado, y los visito con cierta frecuencia. Fue en uno de ellos, precisamente, donde hace cosa de un mes irrumpió alguien cuyo *nick* no podía dejarme indiferente:

<Herzeleid_V>: a ver, k se cuenta por akí?

Cuando leí aquel apodo, Herzeleid_V, el corazón me dio un vuelco. Podía ser una casualidad, desde luego, pero era *mucha* casualidad. El título de aquella canción, justamente aquélla, seguido de aquella inicial, y no otra. Decidí dejar que hablase, para ver si decía algo que me permitiera tener más elementos de juicio. Durante los minutos que siguieron, no volvió a manifestarse. Su apodo seguía allí, en la columna que indicaba que estaba leyendo lo que los demás escribían, pero callaba. Aquella tarde, la conversación era de lo más anodina. Temí de pronto que se marchase, y no volver a coincidir nunca. Se imponía actuar, antes de que su nombre se esfumara de la pantalla. Pinché con el ratón sobre Herzeleid_V y me dispuse a enviarle un mensaje privado, al margen de la conversación general. Lo difícil era encontrar qué decirle, cómo hacer para no parecer idiota, o impertinente, ni espantar a quien se ocultaba tras aquel seudónimo. Al fin le escribí:

<Sly>: hola, V, cómo estás?

Según le di a la tecla Intro, me arrepentí de la simpleza absurda que le había puesto. No me iba a contestar. ¿Quién contestaría a semejante idiotez? Pero al cabo de unas pocas décimas de segundo, leí en mi pantalla:

<Herzeleid_V>: edd, sex, ciudd, profesn?

Bueno, por lo menos ya sabía algo. Quienquiera que fuera quien estaba detrás de Herzeleid_V, no perdía el tiempo. Eso podía confirmar mis sospechas, o no. Abunda la gente así entre los adictos al chat. No podía, en cualquier caso, hacer otra cosa que responder. Y respondí:

<Sly>: 19, V, mad, estudnt

El cursor parpadeó durante varios segundos. Luego leí:

<Herzeleid_V>: mad k kiere decir?

Bueno, me estaba retando. Decidí seguirle el juego:

<Sly>: loco, en inglés. pero aquí significa madrid
<Herzeleid_V>: vaya, sabes idiomas
<Sly>: como tú, por lo q veo por tu nick
<Herzeleid_V>: sip. a k no sabes lo k significa?
<Sly>: a q sí lo sé
<Herzeleid>: a ver
<Sly>: antes dime tú. edd, sex, ciudd, profesn?

Es una técnica a la que hay que recurrir de vez en cuando, en el chat. No dejarle al otro siempre la iniciativa. Cabía que se mosqueara, pero no podía ir a remolque todo el tiempo. Había que arriesgar algo. Y funcionó:

<Herzeleid_V>: 19, F, madrid, estudnt

¿Madrid? ¿Acaso trataba de despistarme?

<Sly>: me tomas el pelo?
<Herzeleid_V>: sip. pero sólo en lo de estudnt
<Sly>: qué haces pues?
<Herzeleid_V>: soy cantante
<Sly>: anda ya
<Herzeleid_V>: OK, si no me crees, chau

No podía dejarla escapar. No ahora.

<Sly>: vale, t creo
<Herzeleid_V>: pero yo no t creo a ti
<Sly>: en q?
<Herzeleid_V>: no sabes lo k kiere decir mi nick

Tuve una súbita iluminación. Si aquello era lo que

me estaba imaginando, acababa de caer en la trampa. Jugué mis cartas sin prisa:

<Sly>: *voy a demostrarte hasta q punto lo sé*
<Herzeleid_V>: *ah, sí?*
<Sly>: *ve traduciendo, si puedes*
<Herzeleid_V>: *?*
<Sly>: *q vayas traduciendo, si puedes, los versos q voy a escribir*
<Herzeleid_V>: *versos?*
<Sly>: *ajá. versos*
<Herzeleid_V>: *eres poeta?*
<Sly>: *no, no son míos*
<Herzeleid_V>: *no entiendo nada. pero a ver, dispara*
<Sly>: *ich komme zu dir in der nacht...*

Aquel primer verso quedó allí durante muchos segundos, sin recibir contestación. Podía ser que me hubiera equivocado y que al otro lado hubiera alguien incapaz de comprenderlo. O no. Podía ser que ella estuviera tan impresionada que no acertaba a reaccionar. Elegí creer esto último. Mi corazón latía a toda velocidad. Al fin, ella dio la respuesta que esperaba:

<Herzeleid_V>: *acudo a ti en la noche...*

Bingo. Ahora ya no podía dudar. Continué, incapaz de contenerme:

<Sly>: *und stehle deine kleinen heissen tränen...*
<Herzeleid_V>: *y robo tus pequeñas lágrimas calientes...*
<Sly>: *ich warte, bis der mond erwacht...*
<Herzeleid>: *espero a k salga la luna...*
<Sly>: *und drücke sie in meine kalten venen*
<Herzeleid_V>: *y las inyecto en mis venas frías*

Era suficiente. Incluso sobraba. Con aquello, ella ya sabía que yo sabía. Ahora sí, podía esperar a que ella reanudase la conversación.

<Herzeleid_V>: kién eres? de dónde demonios sales?
<Sly>: de una larga noche solitaria, corazón dolorido

No suele gustarme este tipo de frases, tan burdamente poéticas, y menos para usarlas en un chat. Pero me dio el pálpito de que era el momento justo para hacer una. Y la reacción de ella me ratificó en mi suposición.

<Herzeleid_V>: pues me alegro de k hayas logrado salir de ahí
<Herzeleid_V>: y llegar hasta akí
<Sly>: el placer es mío
<Herzeleid_V>: oye, nunca me había encontrado a alguien así
<Sly>: cómo?
<Herzeleid_V>: a alguien de madrid con tan buen alemán...
<Sly>: pasable nada más
<Herzeleid_V>: a alguien k se supiera de memoria las letras...
<Herzeleid_V>: de las canciones de rammstein...
<Sly>: no todas
<Herzeleid_V>: y supiera usarlas de forma tan oportuna...
<Sly>: bueno, ésta he tenido q cambiarla un poco
<Herzeleid_V>: ya me di cuenta
<Sly>: te gusta esa canción?
<Herzeleid_V>: la k más, del último disco
<Sly>: lo imaginé, viendo tu nick y el título de la canción
<Herzeleid_V>: eres listo, sly

<Sly>: no era difícil

<Sly>: por el título de la canción: mein herz brennt...

<Herzeleid_V>: arde mi corazón...

<Sly>: veo q te gustan los títulos con esa palabra

<Herzeleid_V>: herz...

<Sly>: corazón...

<Herzeleid_V>: me gusta más en alemán. es más contundente

<Sly>: ya veo q te va lo contundente

<Herzeleid_V>: a ti no?

Me detuve. Todo iba demasiado bien para arriesgar innecesariamente lo que había ganado. En los tiempos heroicos, cuando me enamoraba sin calcular y me lanzaba sin saber, no se me habría ocurrido jamás hacer algo semejante a lo que hice a continuación. Pero los tropiezos me habían enseñado, entre otras cosas, que hay momentos en que nada es más eficaz frente a una mujer que una retirada inteligente. Contuve el aliento y escribí:

<Sly>: oye, lo siento, se me hace tarde

<Herzeleid_V>: ?

<Sly>: he quedado con unos amigos y ya deben estarme esperando

<Herzeleid_V>: vaya, k lástima

<Sly>: pero ha sido muy interesante hablar contigo

<Herzeleid_V>: es una despedida?

<Sly>: bueno, quién sabe

<Herzeleid_V>: cómo puedo volver a encontrarte?

No pude evitar que a mis labios asomara una sonrisa. Había funcionado, otra vez. De pronto me salían bien todas las maniobras. No podía evitar acordarme de aquella otra época, cuando no me salía ninguna.

<Sly>: vengo por aquí, de vez en cuando
<Herzeleid_V>: kieres decir k si vuelvo akí te encontraré?
<Sly>: es muy posible
<Herzeleid_V>: volveré, entonces
<Sly>: vaya, gracias por el interés...
<Herzeleid_V>: de nada
<Sly>: adiós
<Herzeleid_V>: auf wiedersehen

Hasta la vista, había escrito. Esperaba volver a verme. Y yo a ella.

Pero dejé que pasaran, exactamente, tres días. Esperar más me parecía peligroso, y reaparecer antes disminuiría la eficacia. Si la había interesado, y tenía todos los indicios de que así era, sabría aguantar ese tiempo.

Mis pronósticos se vieron confirmados cuando al tercer día, más o menos a la misma hora, entré en el chat y vi en la columna de la derecha, donde se alineaban por orden alfabético los apodos de todos los que en ese momento estaban conectados, el único *nick* que esperaba encontrar: Herzeleid_V.

No tardo más de un par de segundos en mandarme un mensaje privado:

<Herzeleid_V>: al fin apareces

No se andaba con rodeos. Dejé que pasaran quince o veinte segundos, para que no tuviera la impresión de que le respondía en seguida:

<Sly>: no he podido venir antes
<Herzeleid_V>: y eso?
<Sly>: bueno, mis ocupaciones
<Herzeleid_V>: tus ocupaciones?

<Sly>: mis estudios
<Herzeleid_V>: k estudias?

Dudé si decirle la verdad. Pero para qué iba a ocultarlo.

<Sly>: filosofía
<Herzeleid_V>: filosofía? hay kien estudia eso?
<Sly>: ya ves
<Herzeleid_V>: y cómo te dio por ahí?
<Sly>: me gusta ser original
<Herzeleid_V>: oye, puedo preguntarte una cosa?
<Sly>: a ver
<Herzeleid_V>: cómo te llamas?
<Sly>: sly
<Herzeleid_V>: digo de verdad
<Sly>: y q es la verdad?
<Herzeleid_V>: el nombre k aparece en tu carné
<Sly>: ah, sí? eso crees?
<Herzeleid_V>: vamos, no te rías de mí, filósofo
<Sly>: me dirás tú el tuyo?
<Herzeleid_V>: claro
<Sly>: pues dilo

Supongo que había algo mezquino en comprobar que tenía ventaja sobre ella, y en aprovecharla de aquella forma. Pero no podía evitarlo, la tentación era demasiado fuerte. De todos modos, mi ventaja se vio un poco deteriorada cuando en la pantalla surgió aquel renglón que esperaba y temía a la vez:

<Herzeleid_V>: me llamo vanessa

La certeza de que era ella despertaba de pronto todos los recuerdos que dormían en mi memoria. Sus ojos, su piel, su sonrisa, su voz... Había pasado el tiempo, había habido otras chicas. Pero seguía sintiéndome vulnerable ante ella. Comprendí que tendría que esforzarme para que aquella sensación no me desarmase y me hiciera cometer algún error. Por lo pronto, no podía darle mi nombre, no podía exponerme a que lo asociara al imbécil patoso que tres años atrás la había cortejado tan desastrosamente.

<Sly>: yo me llamo manuel

No era una mentira. En mi carné puede leerse ese nombre, detrás de Pablo. Si puedo encontrar una manera de impedirlo, no me gusta mentir en los chats. Mentir es demasiado fácil, le acaba quitando al juego toda la gracia.

<Herzeleid_V>: manuel. no me disgusta
<Sly>: vanessa tampoco está mal
<Herzeleid_V>: es un nombre bastante estúpido
<Sly>: eso crees?
<Herzeleid_V>: sip
<Sly>: por q?
<Herzeleid_V>: no hace falta explicarlo. salta a la vista
<Sly>: ?
<Herzeleid_V>: oye, me apetece decirte algo

Cambio de tema. Tenía la suficiente experiencia chateadora como para no insistir sobre una pregunta esquivada. Es la mejor forma de irritar al interlocutor. Había descubierto algo que no sabía: que a ella no le gustaba su nombre. El porqué, en el fondo, era lo de menos. Así que la seguí:

<Sly>: dime

<Herzeleid_V>: he venido los tres días
<Sly>: sí?
<Herzeleid_V>: sip. y ya temía k no vinieras

Era el momento de no contestar. De dejar que ella leyera su propia frase, y pensara al hacerlo que yo también la estaba leyendo.

<Herzeleid_V>: voy a decirte otra cosa
<Herzeleid_V>: te echaba de menos

Tampoco respondí. Muchas veces te dicen eso en los chats, gente con la que has hablado alguna vez y a la que vuelves a ver después de mucho tiempo. Normalmente no significa nada. Todo el mundo lo dice, casi por educación, para que el otro se crea importante. Pero se trataba de Vanessa. Ella no habría dicho algo así si no lo hubiera sentido. Noté que el vello se me erizaba de la emoción. Qué extraño era el mundo. Durante un año la había amado como un insensato, le había puesto mi vida y mi corazón en un puñado de folios y había cometido la locura desesperada de dárselos. Para nada. Y ahora, con unas pocas líneas en una pantalla de ordenador, con un poco de astucia y un poco de alemán, conseguía que me echara de menos. Al mismo cretino del que se había compadecido años atrás. Ah, si supiera a quién le estaba escribiendo aquello. Pero hay algo que no voy a ocultar: me halagaba que me lo escribiera. Y sentía que, en cierto modo, lo merecía. Que el Pablo que ella se encontraba ahora era otro. Alguien que no sé si era mejor o peor, pero que iba a ser capaz de enamorarla como el primero no había sabido. Y era extraño, tener esa sensación de seguridad frente a la misma chica con la que años atrás había metido la pata de todas las formas posibles.

<Herzeleid_V>: te asombra?
<Sly>: el q?
<Herzeleid_V>: k te haya echado de menos
<Sly>: no
<Herzeleid_V>: no?
<Sly>: pues no
<Herzeleid_V>: y me dirás por k no te asombra?
<Sly>: ya lo sabes
<Herzeleid_V>: no estoy segura

Ahora sí. Ahora era el momento de aflojar un poco.

<Sly>: porq yo tb tenía ganas de verte
<Herzeleid_V>: lo dices de verdad?
<Sly>: de verdad
<Herzeleid_V>: sabes?
<Herzeleid_V>: noto algo raro contigo
<Sly>: el q?
<Herzeleid_V>: como si me conocieras
<Sly>: también yo noto eso
<Herzeleid_V>: el k?
<Sly>: como si te conociera
<Herzeleid_V>: pero en cambio, tú a mí me intrigas
<Sly>: sí?
<Herzeleid_V>: y eso no me había pasado nunca
<Herzeleid_V>: k alguien en un chat me intrigara así
<Sly>: algún secreto guardo
<Herzeleid_V>: y no vas a decírmelo?
<Sly>: todavía no

Sentía que no había prisa, que podía apurar aquel placer tan despacio como quisiese. Cuanto más lo prolongase, más debilitaría sus defensas.

<Herzeleid_V>: sabes lo k estoy escuchando ahora?

<Sly>: sí
<Herzeleid_V>: k canción?
<Sly>: hasta ahí no llego
<Herzeleid_V>: es una canción k de pronto me puso triste
<Sly>: y eso?
<Herzeleid_V>: escucha la letra...
<Herzeleid_V>: nichts ist für dich
<Herzeleid_V>: nichts war für dich
<Herzeleid_V>: nichts bleibt für dich
<Sly>: für immer

La conocía, y el título, *Adiós*, el único de los Rammstein que está en español. Traduje para mí el estribillo que entre los dos habíamos escrito:

nada es para ti
nada fue para ti
nada se quedará contigo
para siempre

Al cabo de unos segundos de silencio, ella volvió a escribir:

<Herzeleid_V>: es una lástima, no?
<Herzeleid_V>: k sea así, como la canción dice
<Sly>: yo no lo creo
<Sly>: lo q vives de verdad nunca lo pierdes
<Herzeleid_V>: lo k vives de verdad?
<Sly>: lo q dejas entrar en tu corazón, no lo pierdes
<Sly>: incluso aquello q ni siquiera pudiste tener
<Herzeleid_V>: hablas por alguna experiencia?
<Sly>: sí
<Herzeleid_V>: y me la vas a contar?
<Sly>: creo q sí, q algún día voy a contártela

<Herzeleid_V>: y voy a tener k esperar mucho?
<Sly>: no, sólo lo imprescindible
<Herzeleid_V>: k malo eres
<Sly>: te lo contaré, te lo prometo. en su momento
<Herzeleid_V>: oye, sly
<Sly>: oigo
<Herzeleid_V>: me encanta haberte encontrado, de verdad
<Sly>: lo mismo digo
<Herzeleid_V>: siento k akí hay algo

Tuve que releer aquella frase un par de veces, para estar seguro de que no malinterpretaba su significado. Aún así, me vi obligado a dudar:

<Sly>: no es un poco pronto para sentirlo?
<Herzeleid_V>: creo k no
<Sly>: y q te hace creer eso?
<Herzeleid_V>: k siempre sabes lo k hay k decir
<Sly>: para q?
<Herzeleid_V>: para k kiera seguir escuchándote

Y bien, comprenderéis cuánto me confortaba aquel diálogo, pero no voy a contar palabra por palabra cómo seguí engatusándola. Volvimos a encontrarnos en el chat al día siguiente, y al otro, y al otro. Me mantuve en la misma línea, alternando el misterio con la delicadeza y dejando que siempre fuera ella la que diera los pasos. Los dio todos. Fue ella la primera en decirme su dirección de correo electrónico, la primera en enviar su fotografía, la primera en... Bueno, cualquiera que sepa cómo funcionan estas cosas se imagina el resto. Corresponderla no fue difícil, salvo en el caso de la fotografía. Le mandé una en la que aparecía de perfil, con un tipo de ropa que ella nunca me había visto, y con un corte de pelo muy diferente del que llevaba en la época del instituto. Fue un movimiento bastante audaz, pero salió bien. No me reconoció, hasta el punto de que llegó a escribirme que el individuo que aparecía en la fotografía le resultaba de lo más interesante...

A lo largo de nuestras conversaciones durante el último mes, Vanessa me ha contado buena parte de su vida, y yo a ella un pedazo de la mía, que en ningún momento ha identificado con la del pardillo que la pretendía en el instituto. Ha sido muy extraño, pasar a ser el confidente de aquella chica que hace unos años apenas me saludaba con un escueto «hola» cuando nos cruzábamos. En esa rara proximidad del ciberespacio, ella me ha hablado de su familia, de sus amigos, incluso de sus amores. He sabido la verdadera razón por la que se fue a Barcelona al final de aquel curso, y por qué volvió a Madrid hace un año y medio. Pero me permitiréis que no cuente nada de todo esto. No tengo por costumbre divulgar las intimidades que la gente me confía. Puedo revelar aquí lo que tiene que ver conmigo. Pero no lo que sólo a ella le incumbe. Puedo ser un chateador un poco tramposo, lo reconozco. Pero cuando alguien me cuenta sus secretos, sé guardarlos.

Sólo añadiré que hace tres días Vanessa me escribió algo que he tenido la debilidad de imprimirme. Supongo que lo entenderéis. Dice así:

<Herzeleid_V>: necesito conocerte en persona. creo k t kiero

21

Razones del corazón

Y aquí estamos. Desde que Vanessa me pidió una cita, me he acordado muchas veces de alguien que apenas ha salido en este libro, pero que me sirvió para empezarlo, y creo que es de justicia que no lo acabe sin mencionarlo. Por otra parte, se lo debo. Como una especie de homenaje.

Mi abuelo murió hace dos años. Era la primera persona cercana a la que veía desaparecer. Su marcha me llenó de tristeza, sobre todo al pensar en las muchas veces que le había oído decir que se iba a morir pronto y que tenía que empezar a desprenderse de sus posesiones. El pobre, que apenas tenía cuatro cosas mal contadas, después de una vida entera de trabajo.

Pero luego fueron pasando los meses, y a medida que iba asimilándolo, comprendí que él no se había ido del todo. Estaba en mi memoria, y en la herencia que nos había dejado, que no era el puñado de objetos que le habían sobrevivido, sino la huella de su presencia silenciosa, que sólo al faltarnos podíamos apreciar en lo que valía. No voy a decir que mi abuelo fuera un santo. Refunfuñaba como cualquier persona mayor, y siempre se cogía de la bandeja los langostinos más grandes. Pero era un hombre decente que se atenía a sus principios y que intentó transmitirnos lo que había aprendido de la vida. Que sin ser demasiado, era siempre sensato.

Tengo que acordarme de él, ahora que me dispongo a ver de nuevo a una de esas mujeres inadecuadas contra las que me previno. Recuerdo lo que él decía: que enamorarse de ellas era el peor error que un hombre podía cometer. Y así lo prueba, en buena medida, la historia que aquí he contado.

Pero he quedado con Vanessa. Esta tarde, a las ocho, delante del reloj de la Puerta del Sol. No es el lugar más original, ya lo sé. Habrá más gente que haya quedado allí y que nos estorbará para reconocernos. Bueno, si acaso la estorbará a ella, que tendrá que guiarse por una foto de perfil. Yo a ella la reconoceré tan pronto como la vea. Estoy completamente seguro.

Pensaréis que mucho homenaje a mi abuelo y que luego qué poco caso le hago. Lo cierto es que he meditado mucho sobre su frase y sobre lo que pasó hace tres años, y creo que no dejo de portarme como un buen nieto.

En primer lugar, sí, es cierto que entonces cometí un error. O mejor dicho, dos errores. Y lo pagué caro. Mi abuelo tenía razón. Pero es curioso lo que sucede con las experiencias cuando se las contempla con la perspectiva del tiempo. Me acuerdo de todo, de mis tropiezos, de mis fracasos, hasta de mis instantes más ridículos con ellas, y lo hago con una sonrisa. No lamento haber vivido nada de todo aquello que entonces me hizo sufrir. En la memoria, todo se me aparece bañado de luz. Y es también en la memoria donde algunos de los momentos vividos entonces llegan, incluso, a resultarme maravillosos. Aquella tarde con Vanessa, que pasé de sobresalto en sobresalto, ahora siento que fue una de las más hermosas de mi vida. Aquel mediodía en la cafetería del instituto, sentado frente a Leonor, mientras ella me comentaba sin saberlo los poemas que yo le había escrito, ya no me parece el episodio de bochorno y humillación que creí vivir entonces, sino la apoteosis gloriosa de mi disparatado amor por ella. Y todas las noches solitarias en el tejado, a la luz de la luna, se reúnen en mi recuerdo para ser, antes que el desahogo de un pretendiente frustrado, la experiencia que me hizo saber quién era yo y qué tenía adentro. Puede que enamorarme a la vez de la profesora de Lengua y de la chica más arisca de Carabanchel fuera un error, el peor que podía cometer un chaval de quince años. Pero ese error me enseñó a conocer mis fuerzas, y también a vivir en un mundo más ancho y más profundo. Y me enseñó a perder, que tampoco es malo. Porque aprender a perder es el paso imprescindible para algún día saber ganar.

Por otra parte, todavía no he desobedecido a mi abuelo. No estoy enamorado de Vanessa; quiero decir, de la Vanessa a la que voy a ver esta tarde. Alguno pensará que debería sentirme culpable, por reconocer algo así. Ella me ha dicho que me quiere, ya lo sé. Pero se dicen tantas cosas en un chat... Yo, como no quiero mentir, no le he dicho nada parecido. Le podría haber dicho «te quise» o «quise a la que eras hace tres años», pero eso le habría descubierto antes de tiempo el pastel que quiero que descubra en su momento, cuando me vea esta tarde delante del reloj de la Puerta del Sol. No sé cómo va a reaccionar. A lo mejor se enfada y se larga. Bueno, si hace eso, tampoco se habrá perdido nada que no se hubiera perdido antes. No voy a pasar dos veces la misma enfermedad, ya estoy inmunizado. Pero creo que la curiosidad pesará mucho más que la ira que pueda causarle darse cuenta de que en cierto modo he estado jugando con ella. Creo que Vanessa podrá perdonarme la travesura, y querrá averiguar qué ha pasado conmigo, por qué aquel tipo que hace tres años sólo le parecía digno de compasión, ahora ha sido capaz de llevarla hasta el extremo de pedir una cita a ciegas.

Si es así, me tiene a su disposición. Dejaré que me conozca, le contaré quién soy de veras (aunque en el chat no le mintiera, tampoco le dije toda la verdad) e intentaré saber quién es ella. Sé más o menos, o sea, hasta donde pude averiguarlo desde lejos, quién fue. Pero no sé quién es ahora. Sospecho, por lo que me escribió a través de Internet, que sigue teniendo mucho de aquella chica que me gustaba tanto. Pero hasta que no la vea no saldré de dudas. Sabré si me gusta menos que entonces, o si me gusta más. Todo es posible. Y a partir de ahí, bueno, sucederá lo que tenga que suceder.

Lo que no tengo muchas esperanzas de saber es si Vanessa, la Vanessa a la que voy a conocer, es una mujer adecuada para mí. Mi abuelo, después de dejarme su prudente advertencia, se murió sin decirme cómo se comprueba eso. Hay casos en los que parece muy evidente, pero me temo que nunca, ni siquiera cuando uno tiene la impresión de que está muy claro, se acaba de estar seguro de si la chica te conviene o no. Al final hay que jugársela, y luego cargar con las consecuencias. Las habrá buenas, y también malas. La proporción en que vienen unas y otras no puede nunca calcularse de antemano. Empecé este libro diciendo que el amor es una cosa malísima, y me ratifico. Pero también es una de las mejores experiencias que se pueden vivir. Aunque sólo sea porque no hay penas que uno recuerde con tanto cariño, al cabo del tiempo, como las penas de amor. Y porque es en quienes amamos donde proyectamos, al final, la auténtica esencia de lo que somos.

No somos lo que tenemos, ni siquiera lo que hacemos: tenemos lo que nos dan y lo que las circunstancias nos permiten tomar; hacemos lo que podemos, que no siempre es lo que desearíamos hacer. Lo que en realidad somos es lo que queremos. Eso es lo único que inventamos y elegimos, lo que nos enseña de qué pasta estamos fabricados. Aunque a veces no sepamos por qué queremos lo que queremos. Nuestro gran problema es que nunca terminamos de conocernos bien a nosotros mismos. Ya lo decía Raymond Radiguet, aquel que escribió *El diablo en el cuerpo* con sólo diecisiete años:

> *...si el corazón tiene sus razones que la razón no conoce, es porque esta última es menos razonable que nuestro corazón.*

En fin, perdonad todas estas filosofías; la culpa la tiene lo que me enseñan en la facultad. Antes de que empiece a hablaros de Tales de Mileto, para desahogarme por haber tenido que comentar en veinte folios su famosa frase «todo está lleno de dioses» (tan famosa que nunca la había oído, antes de ir a la universidad), mejor será que vaya acabando con mi historia.

Porque sí, mi historia termina en este punto. Quizá alguno esperaba que la continuase mañana, o dentro de un mes, cuando pudiera contar lo que pase a partir de esta tarde con Vanessa. Pero ésa, suponiendo que deba contarse, es una historia diferente. Lo que aquí escribo, y os ofrezco, es el relato de mis pobres amores lunáticos. Los que me hicieron, como dijera Carlos, descubrir que dentro del pecho tenía un corazón. Los que viví, alimenté y nunca realicé, y desde entonces guardo en mi memoria como dos de los regalos más extraños, preciosos y perdurables que me ha dado la vida.

Esta historia, la que os he contado, acabará justamente esta tarde. Cuando vea a Vanessa. Delante del reloj de la Puerta del Sol. Esperándome.

Getafe-Marsella
25 de abril-24 de junio de 2002

Índice

LORENZO SILVA

http://www.lorenzo-silva.com

Lorenzo Silva nació en Madrid en 1966. Se dedica a la abogacía desde los veinticuatro años, y a la literatura desde los catorce. Ha publicado varias narraciones breves y las novelas *Noviembre sin violetas, La sustancia interior, El ángel oculto, El urinario, Algún día, cuando pueda llevarte a Varsovia, El cazador del desierto, La lluvia de París, El nombre de los nuestros* y *La isla del fin de la suerte.* Con *La flaqueza del bolchevique* quedó finalista del Premio Nadal 1997, en 1998 recibió el Premio Ojo Crítico por su novela *El lejano país de los estanques* y en el año 2000 obtuvo el Premio Nadal por *El alquimista impaciente.*

CARTA AL AUTOR

Los lectores que deseen ponerse en contacto con el autor para comentar con él cualquier aspecto de este libro, pueden hacerlo escribiendo a las siguientes direcciones:

Colección ESPACIO ABIERTO
Grupo Anaya, S. A.
Juan Ignacio Luca de Tena, 15. 28027 MADRID

lectores@lorenzo-silva.com

OTROS TÍTULOS DE ESTA COLECCIÓN

Dos en una
Martín Casariego Córdoba

Un día Mateo se queda al lado de una chica en la mediana de una calle, esperando a que se ponga verde el semáforo. Y como ella le gusta, Mateo se atreve a hablarle e incluso a proponerle una cita. Pero las cosas se complican cuando Mateo vuelve a encontrarse casualmente con la misma chica, totalmente cambiada en su forma de vestir y de ser. ¿Se tratará de un desdoblamiento de la personalidad? Mateo decide averiguarlo y se embarca en la aventura de enamorar y enamorarse de dos chicas que son la misma.

✓ **Humor**
✓ **Problemas psicológicos/sociales**
✓ **Amor/amistad**

El medallón perdido
Ana Alcolea

Benjamín pasa el verano en África, en casa de su tío Sebastián, cerca de donde dos años atrás murió su padre en un accidente de avión. Durante su estancia en Gabón, Benjamín logra recuperar la memoria de su padre, aprende a conocerse a sí mismo y a los demás, y vive su primera historia de amor. Como en una ocasión le dice su tío, África cambia a las personas, y él no es una excepción.

✓ **Aventuras/viajes**
✓ **Problemas psicológicos/sociales**
✓ **Amor/amistad**

Los Fabulosos Hombres Película
Fernando Marías

Fernando deja el pueblo donde veranea con su padre, para pasar su primer fin de semana solo, en su casa de la ciudad. A sus quince años ha planeado esa escapada con el fin de seducir o, mejor, dejarse seducir por Purita, su nueva vecina. Pero, en vez de eso, el muchacho se enfrenta por primera vez con el pasado de su padre, de un antiguo amigo de éste, Daniel Palatino, y de La Capa Negra. Esos tres personajes tejieron en el pasado una historia de amor, amistad, traición, fracaso y pasión por el cine que hace madurar a Fernando.

- ✓ **Humor**
- ✓ **Misterio/terror**
- ✓ **Problemas psicológicos/sociales**
- ✓ **Amor/amistad**

La escuadra del portero
Blanca Álvarez

Camila es periodista y trabaja para un diario deportivo. Un día realiza un reportaje sobre los porteros de fútbol y al poco tiempo muere durante un partido un portero de segunda división. Lo que parecía una muerte natural acaba por resultar un asesinato planeado por un espía de la KGB como culminación de una larga venganza. Y Camila se verá involucrada en esa historia de odios antiguos.

- ✓ **Misterio/terror**
- ✓ **Problemas psicológicos/sociales**
- ✓ **Amor/amistad**

Los vampiros no creen en Flanagans
Andreu Martín y Jaume Ribera

Flanagan, Nines y sus amigos deciden pasar unos días en la nieve, en un pueblo llamado Floc. Su intención no es sólo disfrutar de la nieve, sino hacer «turismo de morbo»: hace algunos años, un perturbado a quien se dio el nombre de «vampiro de Termals» cometió en Floc varios asesinatos. Y Flanagan y sus amigos quieren visitar los lugares de los crímenes y hablar con quienes los vivieron. Pero les espera una desagradable sorpresa: el día en que comienzan sus vacaciones, el «vampiro» se fuga del manicomio y se sospecha que ha vuelto a Floc. Los acontecimientos obligarán a Flanagan a enfrentarse con un terrible misterio y un peligroso asesino.

✓ **Policíaca**
✓ **Humor**
✓ **Aventuras/viajes**
✓ **Misterio/terror**
✓ **Problemas psicológicos/sociales**
✓ **Amor/amistad**

Tristes armas
Marina Mayoral

Durante la Guerra Civil Española, Miguel y Carmiña, combatientes en el bando republicano, deciden enviar a sus hijas a Rusia para alejarlas de los peligros de la contienda. Las niñas, Harmonía y Rosa, deben aprender a vivir separadas de su familia y de su patria, y su historia se convierte en un ejemplo del horror y la tristeza que acompañan a todas las guerras.

✓ **Aventuras/viajes**
✓ **Problemas psicológicos/sociales**
✓ **Amor/amistad**

El Chico que fue Hombre

Patxi Zubizarreta

Cuando a Antonio María lo abandonó su mujer para irse con el mayoral de una diligencia, todos empezaron a llamarle el Chico que fue Hombre, ya que volvía a ser soltero y abandonaba su estatus de hombre para recuperar el de chico. Antonio María se echó al monte y consiguió reunir una partida de bandoleros para atacar todas las diligencias y para ensañarse, sobre todo, con los mayorales. Pero un día conoció a Fabián y, especialmente, a María Bautista, quien le curó el tajo que le habían dado en la frente y la herida del corazón, aunque para entonces quizás era demasiado tarde.

✓ **Aventuras/viajes**
✓ **Problemas psicológicos/sociales**
✓ **Amor/amistad**

Mi amigo el Rey

Manuel Valls y Norberto Delisio

Mónica pasa por una etapa muy difícil de su vida: acaba de perder a su padre en un accidente de aviación en la selva del Amazonas, y sus relaciones con su madre atraviesan un mal momento. En estas circunstancias conoce accidentalmente al Rey de España. Con él traba una amistad que la ayudará a reencauzar su vida, aceptar la muerte de su padre y volver a confiar en su madre.

✓ **Problemas psicológicos/sociales**
✓ **Amor/amistad**

No le digas que lo quieres

Clara Obligado

Violeta se enamora de Nacho, el nuevo alumno que se ha incorporado ese año al instituto. Ante ese amor, que al principio se le antoja a ella sólo como fuente de sufrimiento, Ruth, su hermana mayor, le aconseja repetidamente: «No le digas que lo quieres». Pero, pese a todos los consejos, es a veces imposible hacer callar al corazón y no dejarse llevar por la aventura del primer amor.

✓ **Problemas psicológicos/sociales**
✓ **Amor/amistad**

El Asunto Poseidón

Francisco Domene

Una mujer muerta da a luz a un extraño bebé: su ADN no es humano, su tamaño es mucho mayor que el de un niño normal, posee membranas en los dedos y respira dentro del agua. El suceso provoca una gran inquietud en la sociedad. María, una joven periodista, decide averiguar la causa de tales mutaciones y se lanza a la aventura de salvar la vida del pequeño mutante y desenmascarar a los culpables.

✓ **Aventuras/viajes**
✓ **Misterio/terror**
✓ **Problemas psicológicos/sociales**
✓ **Amor/amistad**
✓ **Ciencia-ficción/fantasía**